光文社古典新訳文庫

車輪の下で

ヘッセ

松永美穂訳

kobunsha classics

光文社

Title : UNTERM RAD
1906
Author : Hermann Hesse

目次

車輪の下で

第1章

　仲買人で取り次ぎの仕事もしているヨーゼフ・ギーベンラート氏は、同じ町に住む人々と比べても、とりたてて変わったところのない人物だった。みんなと同じようにがっしりした健康そうな体つきをしており、金銭を重んじることにかけては熱心かつ率直で、まずまずの商才も持ち合わせていた。そのうえ、ちょっとした庭がついた小さな家を所有し、墓地には先祖代々の墓もある。教会の信徒としてはいささか世俗の知識がありすぎ、信仰もうわべだけになっていたが、神と支配者に対する崇敬の念は抱いており、市民的な儀礼にまつわる堅苦しい決まりにも従順に従っていた。かなりの大酒飲みだったが、泥酔することはなかった。本業のかたわら、堅気とはいえないような商売にもあれこれ手を出していたが、けっして度を超えることはしなかった。自分より貧しい人々のことは貧乏人とさげすみ、金のある人々のことは高慢ちきと罵《ののし》った。市民団体に所属し、毎週金曜日には「鷲亭」で九本のピンで遊ぶボーリングのゲームをやり、ケーキやパンの試食会や、家畜が料理されてシチューやソーセージ入りスープが振る舞われる日の催しなどには欠かさず参加していた。仕事のときには安い葉巻を吸い、食事の後や日曜日にはいつもより高級な銘柄を吸った。

彼の内面は俗物そのものだった。若いころに持っていた心情の豊かさをすっかり失ってしまって、粗野で伝統的な家族観と、一人息子を誇らしく思う気持ちが残っているくらい。あとはごくたまに、貧しい人々に同情し、何かを施そうという気分が頭をもたげる程度だった。彼の知的能力は、もって生まれた狡猾さと計算高さに限定されていた。読むものといえば新聞だけだったし、芸術を享受したいという欲求を満たすには、市民団体の有志が年に一度行う素人演劇の上演と、ときおりサーカスに行くだけでもう充分なのだった。

隣人の誰かと名前や住居を交換したとしても、特に支障はなかったろう。彼の魂の奥底にはあらゆる優れた力や人物に対する絶えざる不信感があり、非日常的なこと、より自由なものや洗練されたもの、精神的なものに対する羨望から発した本能的な敵意も潜んでいたが、それはその町の家長たちがみな心に秘めているものだった。

彼のことはもうこれくらいにしよう。こんな平板な人生と、意識されないままになっている悲劇との描写に耐えうるのは、根っからの皮肉屋くらいだろう。しかしこの男には一人息子がおり、これから語られるのは息子のことなのである。

ハンス・ギーベンラートは疑いなく才能に恵まれた子どもだった。それは、彼が他の子どもたちのあいだを、人とはまったく違う洗練された様子で歩き回っているのを見るだけでわかった。シュヴァルツヴァルト地方の小さな田舎町がそんな人物を生み出したことは、これまでになかった。狭苦しい世界から外に目を向け、より広い範囲に影響を及ぼすような人間がその町を巣立っていったことなど、いまだかつてなかったのだ。その子の真剣なまなざしや賢そうな額、歩き方の優美さなどがどこから来たのかは、神にしかわからないことだった。母親譲りだったのだろうか？　母親はもう何年も前に亡くなっており、生きているあいだは、いつも病気がちで憂鬱《ゆううつ》そうにしている以外には何も目立ったところはなかった。父親は問題外だった。だからほんとうに、八百年か九百年のあいだ多くの勤勉な市民を生み出しはしたが、才人や天才はただの一人も生み出していないこのちっぽけな町に、秘密めいた閃きの光が天から落ちてきたのかもしれなかった。

もっと洗練され、現代的な教育を受けた観察者だったら、病弱な母親のことやこの家系がかなり古いことを考え合わせて、その子の並外れた知性を、変異が始まる兆候とみなしたかもしれなかった。しかしその町には幸せなことにそんな類《たぐい》の人間は住んでおらず、公務員や教員のなかでも比較的若くて要領のいい人々だけが、雑誌の記事などで、「現代人」の悩ましいあり方についての不確かな情報を得ていただけだった。その町では人々はまだツァラトゥストラ[1]の言葉など知らずに生きることができたし、教養人であることもできた。既婚者が浮気にふけることもなく、結婚生活は概して幸福であり、人生全体が救いようのないほど古風な振る舞いに満ちていた。ぬくぬくと暮らしている裕福な市民のなかには、この二十年間で職人から工場主になったものもいた。彼らは役人の前では敬意を示して帽子を脱ぎ、親しく交わろうとしたが、仲間うちでは役人のことを貧乏人とか小役人などと呼んでいた。ところが奇妙なことに、彼らはそれにもかかわらず、自分の息子たちを大学へやって役人にする以上に名誉なことはないと考えていたのだ。残念ながらそれはほとんどいつも美しい未完の夢に過ぎなかった。というのも息子たちはたいてい、ラテン語学校を卒業するだけで一苦労であり、何度も落第をくりかえしていたからだ。

ハンス・ギーベンラートの才能については疑う余地はなかった。教師も校長も隣人たちも、町の教会の牧師も同級生たちも、ハンスがずば抜けて頭がよく、特別な人物であることを認めていた。それによって彼の将来はもう決定され、揺るぎないものになっていた。なぜならシュヴァーベンという土地では、両親が金持ちでない限り、才能ある男の子にはたった一つの細い道しか用意されていなかったからだ。州試験に合格して神学校に入り、それからテュービンゲン大学の神学部に入る。そしてその後は教会の説教壇に立つか、教員になるのだった。毎年四、五十人の男の子たちが、この静かで確実な道を歩んでいった。過保護に育ちすぎたやせっぽちの新米信徒たちだ。彼らは国家の費用で人文科学のさまざまな分野で勉学にいそしみ、八年か九年後には人生のもっと長い第二部に足を踏み入れる。そうしてお上に対し、それまでにこうむった恩恵のお返しをすることになるのだった。

数週間のうちにまた「州試験」が行われることになっていた。「国」が地方の秀才

1　ドイツの哲学者ニーチェの著書『ツァラトゥストラはかく語りき』に出てくるゾロアスター教の創始者。

たちを選りすぐる年ごとの儀式は、そのように呼ばれていたのだ。この試験の最中には、町や村からたくさんの家族のため息や祈りや願いが、試験の行われている州都に向けて放たれるのだった。

ハンス・ギーベンラートはその小さな町から辛い競争の現場へ送られることになっている唯一の受験生だった。受験生に選ばれるという栄誉は大変なものだったが、無償で受けられるわけではなかった。毎日四時まで続く学校の授業の後、校長からギリシャ語の特訓を受ける。六時になると牧師がご親切に、ラテン語と宗教の勉強の復習をやってくれる。夕食の後にも、週に二度は数学教師のところで一時間の補習を受けるのだった。ギリシャ語では不規則変化動詞の次に、不変化詞で表される文の接続の多様性が重要なのだと教えられ、ラテン語では明瞭かつ簡潔なスタイルを保つことや、とりわけたくさんある韻律の微妙な違いを知っておくことが肝心だと言われた。数学では複雑な比例算に最重点がおかれた。こんな計算は後々の大学での勉強や人生にとっては意味がないように見えるかもしれないが、でもそれはそう見えるだけなんだ、と数学教師はしばしば強調した。実際には、比例算はとても重要で、いくつかの主要科目以上に重要なのだった。なぜなら数学は論理的な能力を養うものであり、明晰で冷静で実り豊かなあらゆる思考の根本であるからだ。

受験勉強によって知的な負担がかかりすぎないように、また、理性的な学習によって感情がおろそかにされたり枯れたりしてしまうことがないように、ハンスは毎朝、始業前に一時間、堅信礼のクラス[2]に行くことを許されていた。そのクラスではブレンツ[3]の教理問答書を使い、質問と答えを暗記したり暗誦したりという興味深い学習によって、宗教生活の新鮮な息吹が若者の魂に吹き込まれるはずであった。しかしハンスは残念ながらこのリフレッシュの時間を自ら台無しにし、その恵みを無効にしてしまっていた。ギリシャ語やラテン語の語彙《ごい》や練習問題などを書き込んだ紙切れを教理問答書のなかにこっそりと忍ばせ、授業のあいだ、ずっとこうした世俗的な学問にかかずりあっていたのだ。もっともそうしながら、居心地の悪さやかすかな不安の気持ちを感じたりしないほどハンスの良心が鈍っているわけではなかった。教区監督がそばに来たり、彼の名前を呼んだりするたびに、ハンスはおずおずと身を縮め、答えを

2　教会の信徒になるため十四歳ごろに受けることになっているキリスト教の教義の授業。
3　十六世紀に活躍した宗教改革者。

言わなければいけないときには額に汗が浮かび胸がどきどきした。しかし答えは非の打ちどころがなく、教区監督が重きをおいている用語の発音もまさに正確であった。

書き取りや暗記や復習や予習など、昼のあいだに一科一科たまっていった宿題は、夜遅く、慣れ親しんだ自宅のランプの明かりの下でやることになっていた。この静かな、家庭の平和に満たされた勉強のひとときは、担任の教師によれば特に成長を促す深い学習効果があるとのことだった。この時間は火曜日と土曜日には通常十時くらいまでだったが、それ以外の日は十一時か十二時、ときにはもっと遅くなることもあった。ランプの油を大いに消費してしまい、いささか父親の不興を買うことになった。それでもこの勉強は、父親から好ましく誇らしい気持ちで受けとめられていた。たまの空き時間や人生の七分の一を占める日曜日などには学校で読まなかった作家の本を読んだり、文法の復習をたっぷりするように、教師たちは熱心に勧めた。

「もちろん節度をもって、節度をもってだよ！　週に一度か二度は散歩に行く必要があるし、そうすれば驚くほど効果も上がるよ。天気がいい日には本を持って戸外に行くことだってできる。そうすればきみにも、新鮮な空気のなかではどんなに簡単に楽しく勉強ができるかがわかるだろう。元気をお出し！」

そういうわけでハンスは可能なかぎり元気を出して、散歩の時間も勉強に利用し、沈黙しおびえたように、寝不足の顔と青い隈のできた疲れた目で歩き回った。

「ギーベンラートをどうお思いですか、試験には受かりますよね？」あるとき担任の教師が校長に尋ねた。

「受かります、受かりますとも」と校長は悦《よろこ》ばしげな声をあげた。「彼は大変な秀才ですよ。彼をよく見てください、もういまから俗世間を超越しているように見えますよ」

一週間経つうちに、この超越ぶりが明白になってきた。ハンスの少年らしい可愛い顔には落ち窪んだ不安そうな目が暗い輝きを放ち、美しい額には知性を表す細やかな皺《しわ》がぴくぴく動いていた。もともとやせている細い両腕と手は、上品だが疲れ切った様子でだらりと下がっていたが、その様子はボッティチェリの絵を思い出させた。

ついにそのときが来た。明日の朝、ハンスは父親と一緒にシュトゥットガルトへ行き、州試験を受けて自分に神学校の狭き門をくぐる価値があるかどうかを示すことになっていた。彼はたったいま、校長のところへ出発の挨拶に行ってきたところだった。「今夜は」と心配そうな指導者はいつにない優しさで言った。「もう勉強なんかしちゃいけないよ。約束しておくれ。明日、シュトゥットガルトに着くときには完璧に冴《さ》えてなくちゃいけないんだから。一時間散歩に行くだけにして、あとは早めにベッドに入るんだ。若い者はよく寝なくちゃいけない」

山ほど忠告を与えられるのではないかと恐れていたハンスは、その代わりにこんな思いやりを示されてびっくりした。教会のそばの巨大な菩提樹が、遅い午後の暑苦しい日光に当たって鈍く輝いていた。市《いち》の立つ広場では二つの大きな噴水が水音を立てながら光っていた。家々の屋根の不規則な連続線の向こうで、近くにそびえる青黒いモミの山がこちらをうかがっていた。少年は、これらすべてをもう長いあいだ見ていなかったような気がした。あらゆるものが非常に美しく、魅惑的に思えた。頭痛はしたけれど、きょうはもう勉強する必要もない。彼はゆっくりと広場を横切り、古い市役所のそばを通り過ぎ、市場小路を抜けて鍛冶屋のそばを通り、古い橋のところまで行った。しばらくそこで行ったり来たりして、結局は幅広の張り出し部分に腰を下ろした。何週間も何か月もここを一日に四回ずつ通り過ぎていたのに、橋のたもとにある小さなゴシックの礼拝堂に目をやったことは一度もなかったし、川にも、魚を取るための仕掛け罠《わな》にも、堰《せき》や水車にも、水浴場の草地や柳の茂った岸辺にさえも目を向けてこなかった。その岸辺には、川の水が深く緑色で湖のように静かになっているところや、曲がって先端のとがった柳の枝が水面まで垂れ下がっているところなどに、皮なめし職人が皮をさらす場所が隣り合って設けてあった。

受験生になる前にはどれほどしばしば、ここで半日もしくは一日を過ごしたことだろう、と彼は思い出した。どれほどしょっちゅうここで泳いだり潜ったり、ボートをこいだり魚を釣ったりしたことだろう。ああ、魚釣り！　魚釣りのこともほとんどもう忘れかけていた。去年、受験勉強のために魚釣りを禁じられたときには、あれほど激しく泣きじゃくったというのに。魚釣り！　それは長い学校生活のなかでも、一番楽しいことだった。柳の木のまばらな影のなかに立ち、水車用の堰が近くで立てるさわさわという音を聞く。深く静かな水！　そして水面でくりひろげられる光の戯れ、長い釣竿が穏やかに上下する様子。魚が食いついたときの興奮、ぐいと引く手応え。そして、尻尾をばたばた振って跳ねる太った冷たい魚を手にしたときの喜び。

ハンスは何度も生きのいい鯉を釣り上げたことがあったし、シロウグイやニゴイ、味のいいテンチや小さくて珍しい、色のきれいなヤナギバエなども釣ったものだった。長いこと水面を見つめ、緑に覆われた川の湾曲部を眺めているうちに、思いにふけり、悲しくなってきた。子どものころの美しく自由で野性的な喜びが、ずっと彼方に遠ざかってしまったように思った。彼は機械的にポケットからパン切れを取り出し、大きい玉や小さい玉を作って水中に投げ入れた。そうして、そのパンの玉が沈んでいき、魚たちに飲み込まれる様子を眺めていた。最初に集まってきたのはゴルトファレやブレッケンなどのちっぽけな魚で、小さい塊《かたまり》をがつがつと食べ、大きな塊をひもじそうな口でジグザグの方向につついた。その後でゆっくりと用心深く、もっと大きなシロウグイが近づいてくる。その黒っぽい幅広の背中がぼんやりと水底から浮かんできて、疑わしげにパンの玉の周りを一周し、それから突然丸い口を開いて飲み込んでしまった。緩慢に流れてゆく水から暖かい湿った匂いが立ち上り、緑の水面には明るい雲が二つ三つ、不鮮明に映っている。水車小屋のなかでは丸鋸《まるのこ》がきしみ声をあげ、二つの堰の水は冷たく深い響きをあげて互いに交じり合っていた。少年はつい最近の日曜日にあった堅信礼のことを思い出した。はっと気づくと、荘厳で感動的な式のさなかにギリシャ語の動詞を暗記していたのだった。そうでなくとも最近はしばしば考えが混乱し、学校でもその場でやっている授業の勉強をする代わりに、前の時間やその後の時間の勉強のことを考えたりしてしまう。でも試験はきっとうまくいくだろう！

彼は座っていた場所からぼんやりと立ち上がり、どこへ行くべきか決めかねていた。力強い手が肩をつかみ、親切そうな男の声が話しかけてきたとき、彼はぎょっとした。

「こんにちは、ハンス。ちょっと一緒に歩こうか？」

それは以前ハンスがときおり夕方のひとときを一緒に過ごしたことのある靴屋の親方のフライクだった。彼とももう長いあいだ話していなかった。ハンスは親方と一緒に歩き、敬虔《けいけん》な信者である彼の言葉をそれほど注意もせずに聞いていた。フライクは試験について話し、少年の合格を祈り、勇気を出すようにと言った。しかし彼の話の最終的な目的は、試験など表面的なもので、ある種の偶然に過ぎないと示すことにあった。不合格だって恥にはならないし、一番優秀な人間にだってそういうことは起こりうる。もしハンスがそうなったとしても、神さまはどんな人間についても特別な計画をお持ちで、それぞれの道に導いてくださると考えればいいのだ。

ハンスはこの男に対して良心の呵責《かしゃく》を覚えないわけではなかった。彼を尊敬していたし、しっかりとした、畏怖の念を起こさせる人柄を高く評価してもいた。それでも親方が属する祈禱《きとう》熱心なグループについて、これまでにたくさんの冗談を耳にし、自分の良心に反して一緒に笑ってしまったことがあった。それにハンスは自分の臆病さを恥じてもいた。というのもしばらく前から、この靴屋の鋭い質問が怖くて、ほとんど不安そうに避けていたからだ。ハンスが教師たちの誇りとなり、少し高慢になってからというもの、親方はしばしば変な目で彼を眺め、謙虚にさせようと試みていた。そのことで、少年の魂は善意の指導者である親方から次第に離れてしまった。ハンスのなかでは少年らしい反抗期が真っ盛りであり、自意識に対する不愉快な接触には敏感だったのだ。

いまハンスは語り続ける親方の隣を歩きながら、親方がどれほど心配と善意のこもった目で自分を見下ろしているかに気づいていなかった。クローネン小路で彼らは牧師に出会った。靴屋は控えめで冷たい挨拶をし、突然急ぎの用があると言って行ってしまった。牧師は当世風の男で、キリストの復活さえ信じていないという噂だったからだ。

今度は牧師が少年と一緒に歩き始めた。

「調子はどうかね？」と彼は尋ねた。「いよいよ試験のときが来て、嬉しいだろう」

「ええ、そう思います」

「がんばってくれたまえよ！　我々はすべての希望をきみに託しているんだからね。

ラテン語では特にいい成績を取ってくれると期待しているよ」

「でも、もし落ちたら」とハンスはおずおずと言った。

「落ちるだって？」聖職者はぎょっとして立ち止まった。「落ちるなんて不可能だ。ありえない。なんてことを考えるんだ！」

「そういうこともあるんじゃないかと思っただけです……」

「ありえない、ハンス、そういうことはありえないよ。きみは安心していいんだ。お父さんによろしく伝えなさい。勇気を出して！」

ハンスは牧師の後ろ姿を見送り、それから靴屋の方を振り返った。何て言ってたっけ？　心が正しい場所にあり、神を恐れているなら、ラテン語なんて問題じゃないって。うまいことを言うなあ。それなのに牧師さんときたら。もし落ちたりしたら、もうけっして牧師さんの前には出られないだろう。

ハンスは憂鬱な気持ちで家に戻り、斜面を利用して作られた小さな庭に入った。そこには朽ちかけた、もう長いこと使われていないあずまやがあった。ハンスはかつてそこに板切れで小屋を作り、三年間ウサギを飼っていたことがあった。でも昨年の秋、受験のためにそのウサギたちも取り上げられてしまった。もう暇つぶしの時間などなかったのだ。

庭にも長いこと足を踏み入れていなかった。空っぽの小屋は倒れそうに見えたし、壁の隅に集められていた鍾乳石《しょうにゅうせき》は崩れていた。小さな木製の水車は水道の隣でゆがみ、壊れてしまっていた。彼は自分がそうしたものを作ったり彫刻したりしていたころを思い出した。それももう二年前――ずっと昔のことだ。ハンスは水車を拾い上げ、あちこち曲げてみた後で完全に壊し、垣根の向こうに投げ捨てた。こんなものどこかへ行ってしまえ。とっくにダメになっていたんだ。彼は学校友だちのアウグストのことを思い出した。アウグストが水車を作ったりウサギ小屋を修繕したりするのを手伝ってくれたのだ。彼ら二人は午後中ここで遊び、パチンコで石を飛ばしたり、猫を追い回したり、テントを張ったり、おやつにニンジンを生で食べたりした。しかしその後受験勉強が始まってしまい、アウグストの方は一年前に学校をやめて機械工の見習いになっていた。アウグストにはそれ以降二回しか会っていない。もちろんアウグストもいまではもう時間がないのだ。雲の影がせわしなく谷間を通り過ぎていった。太陽ももう山の端《は》にかかっていた。一瞬、少年は身を投げ出して泣きじゃくりたい気分になった。しかしその代わりに物置から手斧を取ってくると、華奢《きゃしゃ》な腕で空中に振り上げ、ウサギ小屋をばらばらに叩き壊してしまった。木切れが飛び散り、釘《くぎ》がきしみながら曲がった。前の夏に入れたウサギの餌《えさ》が、少し腐った状態で出てきた。彼はすべてのものに打ちかかっていったが、ウサギやアウグストや子ども時代のすべてを懐かしく思う気持ちを、そうやって打ち砕こうとするかのようだった。

「なんだ、なんだ、いったい何事だ？」と、父親が窓から叫んだ。「お前、何をしているんだ？」

「薪《たきぎ》を作ってるんです」

ハンスはそれ以上は答えず、斧を投げ出すと、中庭を駆け抜けて外の小路に出て、それから岸辺を上流に向かって歩いた。町の外にある蒸留所の近くには、筏《いかだ》が二つつながれていた。以前ならよくそんな筏に乗って、何時間も川下りをしたものだった。暑い夏の午後など、丸太のあいだでピチャピチャと音を立てる水の上で、川下りに興奮したり、眠くなったりもした。ハンスは緩くつながれて水面を上下している丸太の上に飛び移ると、柳の枝を重ねた上に寝転び、筏が動いているところを想像しようとした。筏はやがて速度を上げたり落としたりしながら牧草地や畑や村々やひんやりした森の端を通り過ぎ、橋をくぐり、巻き上げられた魚取り罠のそばを通っていく。自分は筏に寝そべっており、すべてがまた前と同じ、カプフベルクにウサギの餌を取りに行き、岸辺の皮なめし職人たちの庭から釣りをし、まだ頭痛も心配も知らなかったころと同じなのだ、と。

疲れ切り、不機嫌になって、ハンスは夕食に戻ってきた。父親は、目前に迫ったシュトゥットガルトへの受験旅行のせいでどうしようもなく興奮しており、教科書はちゃんと詰めたか、黒いスーツは用意したか、行く途中で文法の本を読んだりしたくはないか、気分はいいかどうかなど、何度も何度も尋ねた。ハンスは短いつっけんどんな返事を返し、ほとんど食べもせずにすぐ就寝の挨拶をした。

「お休み、ハンス。よく寝るんだよ！　明日は六時に起こすから。字《じ》い引《び》きは忘れてないだろうね？」

「ええ、字《じ》い引《び》きは忘れていませんよ。[4] おやすみなさい！」

小さな自分の部屋で、彼はその後長いこと明かりもつけずに座っていた。自分が自分の主人でいられ、誰にも邪魔されることのないその小部屋は、受験がもたらしてくれた唯一の恵みといってよかった。ここで彼は疲れや眠気や頭痛と闘いながらカエサルやクセノフォン、文法や単語、数学の課題などに時間を費やしていたのだ。粘り強く、反抗的に、誇り高く、しばしば絶望しそうになりながら。この部屋で、失われたすべての少年時代の愉しみよりも貴重な数時間を過ごしたこともあった。誇りと陶酔と勝利への意欲に満ちた、夢のように不思議な時間。そのなかで彼は学校や試験やすべてを超えて、より高い存在に思いを馳せ、憧れに胸を焦がしたのだった。生意気な、だが幸せな感情にとらわれ、自分は本当に、頬《ほお》のぽっちゃりしたお人よしの同級生たちとは違う、もっと優れた存在なのではないかと考え、ひょっとしたらずっと高い場所から優越感を持って彼らを見下ろすことが許されるのではないか、という思いに浸った。いまも彼はこの小部屋に外より自由で涼しい空気が流れているかのように深呼吸し、ベッドに腰かけると、夢や願望や予感に身を任せつつ数時間を過ごした。酷使された大きな目の上に色白のまぶたがゆっくりとかぶさり、もう一度開き、まばたきしながらまた閉じた。少年の青ざめた顔がやせた肩の上に沈み、細い腕が疲れたように伸ばされた。彼は服を着たまま眠り込んだ。母親のような静かなまどろみの手が、

4　ハンスの父親は無学で、Lexikon という単語が中性名詞なのに男性名詞でしゃべっている。ハンスも父親を傷つけないように、父の間違った言葉をそのままくりかえしているのである。

ざわついた子どもの心の波を鎮《しず》めていき、可愛らしい額の小さな皺を消した。

前代未聞のことだった。朝早い時間にもかかわらず、校長自ら駅に見送りにやって来たのだ。ギーベンラート氏は黒いフロックコートで身を包み、興奮と喜びと誇らしさのあまり、じっと立っていることができなかった。彼は校長やハンスの周りをちょこちょこ歩き回り、駅長や駅員全員から「よいご旅行を」とか「息子さんの試験がうまくいきますように」と挨拶されて、小さな硬いスーツケースを左手に持ったり、右手に持ち替えたりしていた。傘を腋《わき》の下に抱えたかと思うと両膝にはさみ込み、何度か取り落としてはそのたびにスーツケースに立てかけて、また持ち上げるのだった。往復切符でシュトゥットガルトに行くだけなのに、まるでアメリカにでも旅立つように見えた。息子の方はまったく落ち着いていたが、ひそかな不安に喉を締めつけられていた。

列車が到着し、停車した。人々が乗り込み、校長は手を振った。父親は葉巻に火をつけた。町や川が下方の谷に消えていった。旅行は二人にとって苦痛だった。

シュトゥットガルトに着くと父親は突然元気になり、陽気で愛想よく、社交的になった。数日間だけ州都にやってきた田舎者の恍惚感を味わっていたのだ。しかしハンスは前よりも静かになり、不安げな様子になった。この都市を目にして、深い困惑にとらわれていた。知らない人々、やたらに豪華で仰々しく高い家々、長くて疲れる道、鉄道馬車や通りの雑踏などは彼を怖じ気づかせ、苦痛を与えた。彼らは伯母のところに泊めてもらったが、そこでも見慣れぬ部屋や、伯母の親切やおしゃべり、意味もなく長く座って、父親がくりかえし励ましの言葉を言うのを聞いていたことなどのせいで、少年は完全に落ち込んでしまった。よそよそしい気持ちで、どうしていいかわからずに、部屋のなかに座っていた。周りにある見慣れないもの、伯母、彼女の都会的な身だしなみ、柄の大きな壁紙、卓上時計、壁に掛けられた絵、あるいは窓から見える騒がしい外の通り、そういったものを見ていると、まったく裏切られたような気分になり、もうずっと長いあいだ家から離れていて、苦労して学んできたことすべてをきれいさっぱり忘れてしまったような気がするのだった。

午後、ハンスはもう一度ギリシャ語の不変化詞を復習するつもりだったが、伯母は散歩を提案した。緑の牧草地や風の吹き渡る森の風景が一瞬心に浮かび、彼は喜んで同意した。しかしすぐに、こんな大都市での散歩は、故郷とは別の楽しみなのだということを悟った。

父がこの都市に住む知人を訪ねていったので、ハンスは伯母と二人きりで散歩をしたが、建物の階段を下りているときからすでに惨《みじ》めな気持ちになった。横柄《おうへい》そうに見える太った女性と二階で出くわしたのだ。伯母はその女性の前で膝を屈《かが》めて恭《うやうや》しくお辞儀をし、相手はすぐに大変な雄弁さでおしゃべりを始めた。結局十五分以上もそこで立ち止まることになった。ハンスは階段の手すりに押しつけられながら彼女たちの脇に立ち、そのご婦人が連れている小型犬に匂いを嗅《か》がれたりまとわりつかれたりしたが、自分も話題になっているのだとぼんやり理解した。というのも、その見知らぬ太った女性はくりかえし鼻眼鏡越しに、ハンスを見おろしていたからだ。外に出れば出たで、伯母はたちまちある店に入っていき、また出てくるまでにたっぷり時間がかかった。そのあいだハンスは恥ずかしそうに通りに立ち、道行く人から脇へ押されたり、道端にたむろする少年たちに嘲《あざけ》られたりしていた。伯母は店から戻ってくるとハンスにチョコレートを一枚手渡し、ハンスも丁寧に礼を言ったが、ほんとうはチョコレートは好きではなかった。次の角で二人は鉄道馬車に乗り、絶えず甲高《かんだか》いベルが鳴る満員の車両でいくつもの通りを抜け、ようやく大通りと庭園のある場所に着いた。そこには噴水があり、柵のなかで観賞用の花々が咲き乱れ、小さな人工池のなかで金魚が泳いでいた。彼らはそこで、他の散歩者の群れのあいだを行ったり来たりし、庭園のなかを回って歩いた。たくさんの顔を見、優雅だったりそうでもなかったりする服装に目をとめ、自転車や車椅子や乳母車を見た。人々の声のざわめきを耳にし、暖かく埃《ほこり》っぽい空気を吸って、最後には他人と並んでベンチに腰を掛けた。散歩のあいだじゅうやたらにしゃべり続けていた伯母は、いまではため息をつき、少年に向かって愛情込めてほほえみかけ、チョコレートを食べるように促した。ハンスは食べたくなかった。

「あらまあ、恥ずかしがってるんじゃないでしょうね？　いいのよ、お食べ、お食べ！」

　そこでハンスは板チョコを取り出し、しばらく銀紙をもてあそんでから、ようやく小さな一口をかじり取った。チョコレートは大嫌いだったのに、伯母にそれを伝えられなかった。彼がかじり取ったチョコレートを吸いこむようにして飲み下しているあいだに、伯母は人込みのなかに知り合いを見つけ、そちらへ駆け寄っていた。

「ここに座っててらっしゃい。すぐまた戻るから」

ハンスはほっとしてこの機会を利用し、チョコレートを草むらに投げ込んだ。それから両足をリズミカルに揺らしながら道行く大勢の人々を眺め、自分は不幸だと思った。最後に彼はまた不規則動詞を暗誦し始めたが、ひどく驚いたことにもうほとんど何も思い出せないのだった。すべてきれいさっぱり忘れてしまった！　明日は州試験だというのに。

伯母が戻ってきた。今年は百十八人の受験生が州試験を受けるという情報を仕入れてきていた。合格できるのはしかし、たった三十六人だけなのだ。それを聞いた少年はすっかり落ち込んでしまって、帰り道のあいだ、もう一言もしゃべらなかった。伯母の家でハンスは頭が痛くなってしまい、またもや何も食べようとせず、父親にひどく叱られた。伯母からも不愉快だと思われるほど絶望的な気分になっていた。夜、ぐっすりと深く眠りはしたが、嫌な夢に苦しめられた。彼は百十八人の受験生のなかに混じって試験会場に座っており、試験官はあるときは故郷の牧師、あるときは伯母によく似ていて、彼の目の前にチョコレートの山を積み上げ、彼はそれを食べなくてはならないのだ。彼が泣きながら食べているあいだに、残りの受験生たちは一人また一人と立ち上がって小さなドアから姿を消してしまう。みんな自分の山を食べ終えたのだ。しかしハンスの分は目の前でどんどん大きくなり、机や椅子からあふれ落ちて彼を窒息させそうだった。

翌朝、ハンスがコーヒーを飲みながら試験に遅れまいと時計から目を離さないでいたころ、故郷の小さな町で多くの人々がハンスのことを考えていた。まずは靴屋の親方のフライクが、朝のスープの前に祈りを唱えた。家族と徒弟と二人の見習いたちは輪になって食卓の周りに立っていたが、親方はいつもの朝の祈りに、次のような言葉を付け加えた。「主よ、あなたの手をきょう試験を受ける生徒のハンス・ギーベンラートの上にも差し伸べてください。彼を祝福して強くし、あなたの尊い御名を正しく勇敢に宣《の》べ伝える者としてください！」

牧師はハンスのためのお祈りはしなかったが、朝食のとき妻にこう言った。「いまからハンス・ギーベンラートが試験を受けるよ。彼は何か特別な者になるだろうよ。注目を集めるだろうし、そうなればわたしがラテン語の補習をしてやったことも無駄ではなかったわけだ」

担任の教師は、授業を始める前に生徒たちに言った。「いまからシュトゥットガルトでは州試験が始まるが、我々はギーベンラートの幸運を願うとしよう。幸運を願う必要もないくらいだけれどな。お前たちのような怠け者と違って、十倍も才能があるんだから」そして生徒たちもほとんど全員がその場にいないハンスのことを考えたが、それはとりもなおさず多くの者が彼の合格・不合格について賭けをしていたからでもあった。

心からの願いや愛情のこもった応援は軽々と遠くまで飛んで作用するものなので、ハンスも人々が故郷で自分のことを考えていると感じることができた。彼は胸を高鳴らせ、父親に付き添われて試験会場に入っていった。おずおずと怯えながら助手の指示に従い、顔色の悪い少年たちでいっぱいの大きな部屋を拷問部屋にいる犯罪者のように見回した。しかし教官が部屋に入ってきてみんなを静かにさせ、ラテン語作文のためのテクストを口述し始めると、ハンスはその問題を滑稽なほど簡単だと思ってほっとした。彼はほとんど楽しげにすばやく下書きを作り、慎重に丁寧にそれを清書し、課題を最初に提出した一人だった。その後伯母の家に帰る際に道に迷い、二時間も都会の暑い通りを歩き回ったが、再び取り戻した心の平衡は、それによって大して損なわれることはなかった。それどころか彼は伯母や父からしばらく離れていられるのを嬉しくさえ思い、見知らぬ騒がしい州都の通りで、自分を大胆な冒険者のようにさえ感じた。苦労して道を尋ねまくり、家に帰り着くと、質問攻めにあった。

「どうだった？　どんなふうだった？　問題は解けた？」

「簡単だったよ」とハンスは誇らしげに答えた。「あんな問題だったらもう五年生のときに解けたよ」

彼は大いに空腹を感じて食事をした。

午後は自由だった。父親はハンスを何人かの親戚や友人のところに引っ張っていった。そうした友人の一人のところで、黒い服を着た恥ずかしがり屋の男の子に出会った。その子もやはり試験のためにゲッピンゲンから来ていたのだった。少年たちは二人きりにされ、恥じらいながら互いを物珍しげに眺めた。

「ラテン語の試験、どう思った？　簡単だっただろ？」とハンスが尋ねた。

「むちゃくちゃ簡単だったさ。でも肝心なのは格さ。簡単な課題ほどミスが多いんだ。よく注意しないからね。あの問題にも隠れた罠があったに違いないよ」

「そう思う？」

「もちろんさ。試験官もそんなにバカじゃないよ」

ハンスはちょっと驚き、考え込んでしまった。それからびくびくしながら尋ねた。

「問題文、まだ持ってる?」

相手はノートを持ってきた。彼らは一緒に問題を一語一語検討した。ゲッピンゲンの少年はラテン語の優等生らしく、少なくとも二回、ハンスがまったく聞いたことのない文法用語を口にした。

「明日は何だっけ?」

「ギリシャ語と作文さ」

それからゲッピンゲンの少年は、ハンスの学校から何人が試験を受けに来ているのかと尋ねた。

「誰も」とハンスは言った。「ぼくだけだよ」

「ええっ、ゲッピンゲンからは十二人だぜ! そのなかの三人は特に頭がよくて、トップの成績を期待されているんだ。昨年も最優秀者はゲッピンゲン出身だったんだよ。きみはもし不合格だったらギムナジウムに行くの?」

そんなことはまだ話にも出ていなかった。

「わからない……行かないと思うな」

「そうなの? ぼくはこの試験に落ちても、いずれにせよ大学には進むつもりだよ。

母がウルム大学に行かせてくれるはずなんだ」

ハンスはそれを聞いてすっかり委縮してしまった。ゲッピンゲンの十二人の受験生とそのなかの三人の優等生の話も、彼に不安を与えた。そんな事情ではまったく太刀打ちできそうもなかった。

伯母の家で彼は机に向かい、もう一度 mi で終わる動詞の復習をした。ラテン語については不安はなく、自信が持てた。しかしギリシャ語は妙な具合だった。彼はギリシャ語が好きで、ほとんど夢中になっているといっていいほどだったが、好きなのは読む方だけだった。特にクセノフォンは非常に美しく、生き生きとさわやかな書きっぷりだった。すべてが明るく、魅力的で力強く響き、優雅で自由な精神を持っていたし、すべてが理解しやすかった。しかし、文法の問題になると、あるいはドイツ語をギリシャ語に翻訳しなければならなくなると、互いに反発しあう規則や形式の迷宮に迷い込んだように感じ、この外国語に対して、まだギリシャ語のアルファベットさえ読むことができなかったころの最初の授業で感じたような、不安に満ちた怖れを感じ

5　日本の中学・高校にあたるが、主として大学進学希望の生徒が在籍している。

るのだった。

翌日は、聞いていた通りギリシャ語のテストの番が来て、その後はドイツ語の作文だった。ギリシャ語のテストはかなり長く、全然易しくなかった。作文のテーマは複雑で、誤解する可能性があった。十時以降、会場のなかが蒸し暑くなってきた。ハンスはいい羽ペンを持っていなくて、ギリシャ語の課題を清書するまでに紙を二枚も台無しにしてしまった。作文の時間には隣に座ったあつかましい受験生のおかげでさんざんな目にあった。その子はハンスに質問を書いた紙を押しつけ、答えを教えろと脇腹をつついてきたのだ。隣席の者とのやり取りは厳しく禁じられており、もしそんなことがわかったら試験は失格とならざるをえなかった。ハンスは恐怖のあまり震えながら紙に「ほっといてくれ」と書き、質問者に背を向けた。

あまりにも暑かった。同じ歩調でしつこく会場のなかを歩き回り、一瞬も休もうとしない監督係の教官さえ、ハンカチで何度も顔を拭っていた。堅信礼用の厚手の背広を着ていたハンスは汗をかき、頭が痛くなり、しまいには不幸な気持ちで答案用紙を提出した。きっと間違いだらけで、試験もこれで失敗だな、と考えながら。

昼食の席で彼は一言も話さず、何を訊かれても肩をすくめ、被告人のような顔をしていた。伯母は慰めてくれたが父親は興奮し、不機嫌になった。食事の後、父親は少年を隣室へ連れて行き、もう一度あれこれ質問した。

「うまくいかなかったんだ」とハンスは言った。

「どうしてよく注意しなかったんだ？　気をつけることだってできたはずだろう、バカだな」

ハンスは黙り込み、父親が罵り始めると、顔を紅潮させて言った。「お父さんにはギリシャ語なんてわからないくせに！」

具合の悪いことに、二時に面接試験が予定されていた。そのことを考えるとすごく気が重くなった。そこに向かう途中、燃えるように暑い都会の路上で惨めな気分になり、苦しみと不安と立ちくらみのせいでほとんど目が回りそうだった。

十分間、ハンスは三人の紳士たちと向き合って大きな緑の机の前に座り、ラテン語の文をいくつか訳し、相手の質問に答えた。それからまた十分間、三人の別の紳士たちの前に座ってギリシャ語を訳し、いろいろなことを尋ねられた。最後に不規則動詞の第二不定過去を一つ言いなさい、と言われたが、彼は答えられなかった。「もう行っていいですよ、あちらの、右側のドアから」

ハンスは歩いていったが、ドアのところで不定過去を思いついた。彼は立ち止まった。「行きなさい」と誰かが彼に呼びかけた。「お行きなさい！　それとも気分が悪いのかね？」

「いいえ、でもいま不定過去を思い出したんです」

彼は部屋のなかに向かって大声で不定過去を言い、紳士たちの一人が笑うのを見て、頭にかっと血が上り、そこから飛び出した。それから質問と自分の答えについて考えようとしたが、すべてが彼のなかでごっちゃになってしまっていた。ただくりかえし大きな緑の机の天板と、フロックコートを着た三人の年取ったまじめな紳士たち、開かれた本とそこに置かれた自分の震える手が目に浮かんできた。神さま、ぼくはなんという答えを言ってしまったのだろう！

道を歩いていると、もう何週間もここにいて、けっしてよそへ行けないような気がしてきた。実家の庭の風景や、モミの木が青々と茂る山や、川の釣り場などは、非常に遠く離れていて、ずっと前に一度見たことがあるきりのようにしか思えなかった。ああ、きょうのうちに帰ることができたらいいのに！　ここにとどまることにもう意味はなかった。試験はどっちみち失敗だったのだ。

ハンスはミルクパンを買い、父親と話さずに済ませるためだけに、午後のあいだずっと通りをうろうろして過ごした。ようやく伯母の家に戻ったときにはみんなが心配していた。彼が疲れ切ってぐったりした様子だったので、伯母たちは卵スープを食べさせ、ベッドに入らせた。翌日はまだ数学と宗教の試験があり、その後でようやく帰ることができるのだった。

翌日の午前はかなりうまくいった。ハンスは昨日の主要科目であれほど失敗した後、きょうになってすべてよくできたことを苦い皮肉だと感じた。あとはただ、ここを去り、家に帰るだけだ！「試験は終わりました。もう家に帰れます」とハンスは伯母に報告した。

父親はその日もまだそこにとどまりたがっていた。カンシュタットに行き、温泉施設の庭園でコーヒーを飲もうという話があったのだ。しかしハンスがあまりに熱心に頼むので、父親は彼がきょうのうちに一人で帰ることを許してくれた。彼は列車まで送ってもらい、切符を受け取り、伯母からキスされ、道中の食べ物をもらうと、疲れ切って何も考えずに緑の丘陵地帯を故郷に向かって移動していった。青黒いモミの山が見えるころになってようやく、少年は喜びと解放感に包まれた。年取った女中や自分の小部屋、校長、通い慣れた天井の低い教室、すべてが懐かしく思えた。

幸いなことに駅には好奇の目を向ける知り合いは誰もいなかったので、彼は荷物を持ったまま、人目につかずに家へ急ぐことができた。

「シュトゥットガルトはようございましたか?」と年老いた女中のアンナが尋ねた。

「よかったかって? お前は試験が何かいいものだと思ってるの? ぼくはまた戻って来れて嬉しいよ。お父さんは明日帰ってくるけど」

彼はミルクを一鉢飲み、窓の前に吊るしてあった水泳パンツを取り込むと駆け出していったが、他の生徒たちがみんなで泳ぎに行く牧草地には行かなかった。

彼は町からずっと離れたところにある「ヴァーゲ(秤《はかり》)」という場所に行った。そこは水が深く、丈の高い茂みのあいだをゆっくりと川が流れている。彼はそこで服を脱ぎ、手、それから足を、探るように冷たい水のなかに入れ、少し体を震わせると、一気に流れに飛び込んだ。ゆっくりと弱い流れに逆らって泳ぎながら、ハンスはこの数日間の汗や不安が自分の体から抜けていくのを感じた。そして、川が華奢な体を包んで冷やしてくれているあいだに、彼の魂は美しい故郷を新たな気持ちでとらえた。

彼は泳ぐ速度を上げ、休み、それからまた泳ぎ、心地よい冷たさと疲れに包まれるのを感じた。仰向けに浮かびながら流れに身を任せて下流の方に漂っていき、金色の輪を描いて飛んでいる夕方の蠅たちのかすかな羽音に耳を澄まし、暮れかけた空を小さくすばやい燕たちが横切り、山の向こうに消えた太陽が空をばら色に照らすのを見た。彼が再び服を着て夢見るような足取りで家に向かって歩いて行くころには、谷間はもうすっかり影に覆われていた。

ハンスは商人ザックマンの庭の脇を通りかかった。幼いころ、ここでまだ熟していないプラムを二、三人の仲間と盗んだことがあった。白いモミの木材が置いてあるキルヒナーの仕事場では、木材の下でいつも、釣りに使うミミズを見つけたものだった。監督官ゲスラーの家の横も通ったが、二年前にスケートをしたときには、ゲスラーの娘のエンマが気になってしかたなかったのだった。彼女はこの町の女生徒たちのなかで一番可愛らしくエレガントで、彼と同い年だった。ハンスにはしばらくのあいだ、一度でいいから彼女と話したり手を取ったりしたいという以上の強い願望はなかった。でもその願いは実現しなかった。彼があまりに恥ずかしがり屋だったからだ。その後彼女はどこかの全寮制学校に送られてしまい、ハンスはもう、彼女の外見を思い出せなくなっていた。しかし少年時代のこのできごとが、非常に遠いところから浮かび上がるように、いままたよみがえってきた。その思い出はその後体験したどんなできごとにもない、強い色彩と奇妙に思わせぶりな匂いを伴っていた。あれは、門道にあるナショルト家のリーゼのところで夕方ジャガイモの皮むきを手伝いながら、物語を聞かせてもらっていたころだった。あるいは日曜日の朝早く、ズボンのすそをまくり、良心の咎《とが》めを感じつつ、下の方の堰でカニやゴルトファレを捕るための罠を荒らし、その後で一張羅《いっちょうら》を濡らしたといって父親から殴られたりもした！　あのころは謎めいたことや奇妙な事柄がたくさんあり、不思議な人々がいた。そんなことも、ハンスはもう長いこと考えずにいた！　首のよじれた靴屋のシュトローマイヤーが妻を毒殺したのは周知のことだった。それから冒険家の「ベックさん」、彼は杖をつき、リュックをしょって、この地域全体を渡り歩いていた。彼に対してはみんなが「さん」付けで呼んだが、それは彼が以前は裕福な男で、四頭の馬に豪華な馬車まで所有していたからだった。ハンスは彼らの名前以外もう何も覚えていなかったし、こうした胡散《うさん》臭い裏通りの世界が自分からは失われてしまった、とうっすらと感じた。だがその代わりに何か生き生きとした価値のある事柄を得たわけでもないのだ。

学校には翌日まで欠席届が出してあったので、彼は昼までぐっすり眠り、自由を謳歌した。昼には父親を迎えに行ったが、父親はシュトゥットガルトでいろいろと楽しんできたおかげで満足げだった。

「合格したら何か欲しいものを言いなさい」と父親は上機嫌で言った。「考えておくんだよ！」

「ううん、いいよ」と少年はため息をついた。「きっと落ちただろうから」

「バカだなあ、なんだってそんなことを言うんだ！　わたしの気が変わらないうちに、欲しいものを言ってごらん」

「休暇にまた魚釣りがしたいんだけど。やってもいい？」

「いいとも、試験に合格したらね」

翌日は日曜だったが、雷が鳴り、にわか雨が降った。ハンスは自分の部屋で何時間も本を読んだり考えたりしながら座っていた。シュトゥットガルトでの成果についてあらためてじっくりと考え、何度考えても、もっといい答えが書けたはずなのに自分はどうしようもない失敗をしてしまった、という結論に達した。合格は絶対にありえないだろう。忌々《いまいま》しい頭痛！　次第に不安が膨らんできて、激しい心配のあまり、ハンスはついに父親のところに行った。

「ねえ、お父さん！」

「どうした？」

「訊きたいことがあるんだけど。欲しいもののことだよ。やっぱり釣りはやめようと思うんだ」

「ほう、どうしてまた？」

「だってぼく……あの、もしかしたら……」

「早く言うんだ、茶番劇じゃないんだからな！　何なんだ？」

「もし不合格だったらギムナジウムに行かせてもらえないかな」

ギーベンラート氏は言葉を失った。

「何？　ギムナジウムだと？」彼は話し始めた。「お前がギムナジウムに行くって？

誰がそんなことを吹き込んだんだ？」

「誰も。ただそう思っただけだよ」

ハンスの顔には極度の不安が表れていた。父親はそれに気づかなかった。

「もうお行き、お行き！」彼は不機嫌そうに笑いながら言った。「緊張しすぎたせいだな。ギムナジウムだと！　わしが商業顧問官だとでも思ってるのか？」

父親が激しく手を振って追い立てたので、ハンスはあきらめ、失望して部屋を出て行った。

「なんて子どもだ！」と、父親はその背中に浴びせかけた。「いかん、とんでもない！　いまになってギムナジウムにまで行きたがるなんて！　こりゃたまげた、頭に血が上ったんだな！」

ハンスはそのあと三十分間、窓台に腰掛けて、掃除したばかりの板の間をぼんやり見つめていた。そうして、もしほんとうに神学校にもギムナジウムにも行けず、大学でも勉強できなかったらどうなるんだろう、と想像してみた。そうなったら見習いとしてチーズ屋に入るか、事務所で働くのだろう。そうして一生のあいだ、自分が軽蔑し、絶対に差をつけてやりたいと思っていた普通のみじめったらしい人々の一人として生きていくことになるのだ。ハンスの美しく賢そうな顔は怒りと苦しみでしかめっ面になり、彼は立腹して立ち上がると唾《つば》を吐き、そこに置いてあったラテン語の詩文集をつかむと、すごい勢いですぐそばの壁に投げつけた。それから雨のなかへ駆け出していった。

月曜日の朝、ハンスはまた登校した。

「調子はどうだね？」と校長は尋ね、手を差し出した。

「昨日のうちに来てくれると思ってたんだがね。試験はどうだった？」

ハンスはうなだれた。

「おや、どうしたんだね？　うまくいかなかったのかい？」

「そう思います」

「まあ、辛抱したまえ！」と老紳士は慰めた。「おそらくきょうの午前中にシュトゥットガルトからの知らせが届くだろうから」

午前はぞっとするほど長かった。何の知らせも届かず、昼食の際にハンスは心のなかで泣き叫び、食べ物を飲み込むことができないほどだった。二時に教室に行ってみると、担任の教師はもうそこにいた。

「ハンス・ギーベンラート」と彼は大声で言った。

ハンスは前に進み出た。先生はハンスに手を差し出した。

「おめでとう、ギーベンラート。きみは州試験に二番の成績で合格したんだよ」

厳粛な静けさが辺りを包んだ。ドアが開いて、校長が入ってきた。

「おめでとう。さあ、いまなら何と言うかね？」

少年は驚きと喜びですっかり動転してしまっていた。

「何も言わないのかね？」

「もしそうとわかっていたら」という言葉がハンスの口から飛び出した。「完璧に最優秀を取ることもできたのに」

「さあ、家に帰りなさい」と校長は言った。「そして、お父さんに伝えてあげるんだ。もう学校には来なくてもいいよ。どっちみちあと一週間で休みになるんだから」

少年はめまいを感じながら外に出た。菩提樹が立ち、市の立つ広場に日光が注いでいるのを見た。すべてがいつもと変わらなかったが、すべてがいつもより美しく、意味があり、喜ばしげに見えた。合格したんだ！　二番の成績で！　最初の激しい喜びの嵐が過ぎ去ると、ハンスは熱い感謝の気持ちに満たされた。もう牧師を避ける必要もないのだ。大学で勉強できるのだ！　もうチーズ屋や事務所を怖がる必要もない！

そしていまではまた釣りもできるのだ。ハンスが戻ってきたとき、父親はちょうど家の戸口に立っていた。

「どうしたんだ？」と父は無造作に訊いた。

「大したことないよ。学校から追い払われたんだ」

「何だって？　そりゃまたどうして？」

「神学校に入れたからだよ」

「おやおや、じゃあ合格したのか？」

ハンスはうなずいた。

「いい成績だったのか？」

「二番だったんだよ」

父もそこまでは予想していなかった。彼は何と言っていいかわからず、息子の肩をたたき続け、笑ったり首を振ったりしていた。それから何か言おうと口を開いたが、何も言わず、やっぱりただ首を振り続けていた。「なんてこった！」と彼は最後に叫んだ。そしてもう一度、「なんてこった！」

ハンスは家のなかに駆け込み、階段を上がると屋根裏に行った。空っぽの屋根裏部屋にある作り付けの壁たんすを開き、そのなかを引っ掻《か》き回すと、いろいろな箱や紐《ひも》の束やコルク片などを取り出した。それが彼の釣り道具だったのだ。あとは何よりもそれに合うきれいな釣竿を切り出してこなくてはいけない。ハンスは父のところに降りていった。

「お父さん、折りたたみナイフを貸してよ！」

「何のために？」

「枝を切らなくちゃいけないんだ、魚釣りのために」

父はポケットに手を入れた。

「ほら」と彼は顔を輝かせ、もったいぶって言った。「ここに二マルクあるから、自分用のナイフを買っていいよ。だがハンフリートのところには行かないで、鍛冶屋に行きなさい」

彼は大急ぎで駆け出した。鍛冶屋は試験の結果を尋ね、喜ばしい知らせを聞くと特別にきれいなナイフを出してくれた。川の下流のブリューエル橋の下に、美しくほっそりしたハンノキとハシバミの茂みがあった。ハンスはさんざん迷った後で、非の打ち所のない、よくしなう枝を切り取り、それを持って家に急いだ。

顔を紅潮させ目を輝かせて、彼は釣竿を作る楽しい仕事に取り掛かった。それはほとんど釣りそのものと同じくらい楽しいことだった。彼は午後いっぱい、そして夕方も、それに没頭していた。白や茶色や緑の紐を分類したり、きちょうめんに調べたり、つくろったりし、昔の結び目や絡まりをあれこれ解きほぐした。いろんな形のコルク片や羽茎《はぐき》を試したり、新しく削り直したりし、釣り糸に重みをつけるためのいろいろな重さの小さな鉛の玉を、ハンマーで鍛えたり、切込みを入れたりした。それから鉤《かぎ》針《ばり》を取り付ける段になったが、これはまだいくらかストックがあった。それらの鉤針は、黒い縫い糸を四本合わせたものや、動物の腸で作った弦の残りや、撚《よ》り合わせた馬のたてがみなどに固定された。晩になるころすべてが完成し、ハンスは長い七週間の休みにもけっして退屈しないだろうと確信した。釣竿さえあれば、一人で一日中水辺にいても平気だったのだ。

第2章

夏休みはこうでなくちゃいけない！　山々の上にはリンドウのように青い空が広がり、何週間も太陽の輝く暑い日々が続いて、ただときおり短く激しい雷雨があるだけだった。川の水は、たくさんの砂岩の岩壁やモミの木の陰や狭い峡谷を通って流れてきたにもかかわらず温まっていて、夜遅い時間になっても泳ぐことができた。小さな町の周辺からは、一番刈り、二番刈りの干草の匂いが漂ってきていた。細い帯のように続くトウモロコシ畑は色づいて黄色や金茶色になった。小川の岸辺には人の背丈ほどもある、白い花をつけるドクニンジンのような植物が繁茂していたが、その花はパラソルのように開き、小さなコガネムシがいつもびっしりとついていた。茎は空洞になっていて、切り取って笛やパイプにすることもできるのだった。森の端には綿のような黄色の花をつけた堂々たるモウズイカが長い列を作って咲き乱れ、ミソハギやヤナギランの花は細くて強靭な茎の上で揺れながら、斜面全体を紫がかった赤で覆っていた。森のなか、モミの木の下には、丈高くぴんと突っ立った赤いジギタリスが、けなげに美しく、エキゾチックな花をつけていた。その根元には銀の綿毛をつけた幅の広い葉が開き、茎は強く、杯のような形の赤い花が縦に美しく並んでいた。その横にはたくさんの種類のキノコがあった。赤く光るベニテングダケ、肉厚で幅広なヤマドリタケ、奇怪なバラモンジン、赤くてたくさん枝分かれしているサンゴタケ、そして奇妙に色のない、病的に太ったシャクジョウソウ。森と牧草地のあいだにある、植物が繁茂して野原のように見える畦道《あぜみち》には、強靭なエニシダが炎のように黄色く燃えていたし、そのあとには赤紫のエリカの長い帯が続いた。それから、たいていはもう二度目の刈り取りを目前に控えていた牧草地が続くのだったが、そこにはタネツケバナやセンノウ、サルビアやマツムシソウが色とりどりに生い茂っていた。広葉樹の森ではズアオアトリが途切れることなくさえずり続け、モミの森では狐みたいに毛の赤いリスが梢《こずえ》を駆け回り、畦道や塀や乾いた溝のそばでは、緑のトカゲが気持ちよさそうに陽だまりで体を光らせ、牧草地の上には終わりのない蟬《せみ》の歌が甲高く朗々と、疲れを知らずに響き渡っていた。

町はこの時期、非常に田舎じみた印象を与えた。干草を積んだ車や大鎌の刃などが道路を行き交い、干草の匂いが空気を満たした。もし二つの工場がなかったら、農村にいるような気分になっただろう。

休みの最初の朝早く、ハンスはまだ老アンナが起き出さないうちからしびれを切らして台所に立ち、コーヒーができるのを待っていた。火を起こすのを手伝い、パン屋からパンを買ってきて、新鮮なミルクで冷ましたコーヒーを大急ぎで飲み、パンをポケットに突っ込むと、家を飛び出した。そして上流の鉄道用の土手で足を止め、ズボンのポケットから丸いブリキの缶を取り出すと、熱心にバッタを捕まえ始めた。列車が通り過ぎていった。線路が土手の向こうで急坂になっているので猛スピードは出さず、むしろ快適な速度で、窓を開け、わずかな乗客を乗せて、長い陽気な旗のように煙と蒸気を後ろにたなびかせながら走っていく。ハンスは列車を見送り、白い煙が渦を巻きながら、早朝の晴れてひんやりした空気のなかにすばやく消え去っていくのを眺めていた。なんて長いあいだ、こうしたものを見ないで過ごしてきたのだろう！彼は大きく深呼吸した。まるで失われたよき歳月を倍にして取り戻そうとするかのように。もう一度、恥じらうことも心配することもなく、小さな少年であろうとするかのように。

バッタの入った缶と新しい釣竿を持って橋を越え、他人の家の庭を横切って、川が一番深くなっている「馬淵」と呼ばれる場所までやって来たとき、ハンスの胸はひそかな歓喜と釣りの欲望に高鳴った。そこには柳の幹にもたれながら、どこよりも心地よく、人に邪魔されずに釣りのできる場所があった。巻いてあった糸を解き、小さな鉛玉のおもりを付け、太ったバッタを容赦なく釣り針に突き刺し、大きく弾みをつけて川の中央に投げ込んだ。昔からの、よく知っているゲームが始まった。小さなシロウグイが群れをなして餌の周りに集まり、針から引きちぎろうとした。餌はすぐに食いちぎられてしまった。二匹目のバッタが刺され、さらに一匹、それから四匹目、五匹目が続いた。ハンスはどんどん慎重にバッタを固定するようになった。さらに釣り糸にもう一つの鉛玉を付けて重みを増すと、初めてまともな魚が餌に寄ってきた。魚は餌を少し引っ張り、また離し、もう一度試してみた。それから食いついた——優れた釣り人は糸と竿を通して、その引きを指に感じるものだ！　ハンスはわざと糸を緩めてから、用心深く引き始めた。魚は食いついたままで、その姿が見えてくると、ハンスにはそれがウグイであることがわかった。ウグイは白っぽい黄色に光る幅広の胴体ですぐにそれとわかる。頭は三角形で、腹びれの付け根は肉のような美しい赤色だった。どれくらいの重さだろう？　しかし、ハンスがそれを推測する前に、魚は必死の反撃を行い、不安げに水面をのた打ち回ると針から逃れていった。三、四回水のなかで方向転換し、それから銀の稲妻のように深みに消えていくのが見えた。食いつき方が悪かったのだ。釣り人ハンスのなかにはいまや興奮と、漁にかける情熱的な集中力が目覚めた。まなざしは鋭く、細い茶色の糸が水に触れている場所にじっと注がれ、頰は赤らみ、動きは少なく、すばやく的確になった。二匹目のウグイが食いついて引き上げられた。それから釣り上げるのが申し訳ないほどの小さな鯉が、さらに続けて三匹のハゼがかかった。ハゼは父の好物だったので、ハンスは喜んだ。ハゼは手のひらくらいの長さで、うろこの小さな、脂ののった胴体と、おどけた白い髭《ひげ》のある太った頭をしていた。目は小さく、体の後ろ半分はほっそりしている。色は緑と茶色の中間で、陸に引き上げると鋼のような青に見えた。

その間に陽は高く昇り、上の堰のところでは水泡が雪のように白く光っていた。水面では暖かい空気が揺らめき、見上げればムック山の上にも手のひらくらいの大きさのまばゆい雲があった。暑くなってきた。青空の中空に静かに白くかかっている小さくて穏やかな雲ほど、夏の盛りの暑さを感じさせるものはない。それらの雲は、じっと見つめることができないほど光に満たされ、明るさに浸されているのだった。青い空を見ても、川が日光をぎらぎら反射するのを見ても、雲がなければどんなに暑いか気づかずにいるのかもしれない。しかし、帆船のように昼の空に現れる雲の、泡のように白く、しっかりとふくれ上がった様子が目に留まると、突然太陽が照りつけているのを感じて日陰を探したり、汗に濡れた額を手で拭ったりしてしまうのだった。

ハンスは次第に前ほど釣り糸を気にしなくなっていった。少し疲れてもいたし、昼時にはどっちみち何も釣れないのが普通だった。年のいった最大級のシロウグイたちは、この時間には日光を求めて上流に行っているのだ。大きな黒っぽい列を作って、ぼんやりと上流へ、水面すれすれに泳いでいく。ときおり急に、はっきりした理由もないのに驚いた様子を見せたりはするが、この時間には釣り針にはかからないのだった。

ハンスは釣り糸を柳の枝に引っ掛けて水にたらしておき、地面に座って水面を眺めた。ゆっくりと魚たちが上がってきて、黒っぽい背中が次々と表面に現れた。ゆっくりと泳ぐ、暑さに誘われて魔法をかけられた魚の列だ。彼らは暖かい水のなかでいい気持ちだろう！　ハンスはブーツを脱いで両足を水のなかに入れた。水の表面はかなり暖かかった。ハンスは捕まえた魚を眺めた。魚は大きなじょうろのなかでじっとしており、ときおり小さくぱしゃりと音を立てるだけだった。なんてきれいなんだろう！ 白、茶、緑、銀、鈍い金、青、さらにその他の色が、魚が動くたびにうろこやひれのところで光るのだった。

とても静かだった。橋の上を通る車の音もほとんど聞こえないし、水車がごとごという音もここではほんの少ししか聞き取れなかった。白い堰が立てる絶え間ない柔らかな水音だけが穏やかに冷たく、眠りを誘うように響き、筏をつなぐ杭のところでは、筏を引っ張る水が立てる、低くきしむ音がした。

ギリシャ語とラテン語、文法と文体、計算と暗記という、不安でせわしなかった長い一年の拷問のような騒ぎが、眠気を誘う暖かな時間のなかで静かに沈殿していった。ハンスは少し頭痛がしたものの、これまで長いあいだ感じたことがないほどしっかりしていた。いまではこうしてまた水辺に座ることもでき、堰のところで泡が飛び散るのを見たり、釣り糸に目をやったりできる。隣ではじょうろのなかで、釣った魚たちが泳いでいた。それはすばらしいことだった。自分が州試験に受かったこと、二番だったことがときどき頭に浮かんだ。そんなとき彼は裸足《はだし》の両足で水面をたたき、両手をズボンのポケットにつっこんで口笛を吹き始めるのだった。ちゃんとしたメロディーを吹くことはできなくて、そのことが昔からの悩みであり、学校仲間たちの笑いの種でもあった。口笛を歯のあいだから、か細い音でしか鳴らせないのだ。しかし、自分のために吹くのであればそれで充分だったし、いまは誰にも聞こえやしない。他の生徒たちはいまも学校にいて、地理の授業を受けていた。彼だけが自由で、授業を免除されたのだ。彼はみんなを追い越し、みんなはいまやハンスより下なのだった。彼らはハンスをさんざん苦しめた。アウグスト以外に友人がおらず、殴り合いや遊びにも楽しみが見出せなかった。あののろまな奴ら、あの石頭たちはいまやハンスの後《こう》塵《じん》を拝している。ハンスは一瞬口笛も中断して口を歪めたが、それほど級友たちのことを軽蔑していたのだった。それから彼は釣り糸を巻き上げて、笑わずにはいられなかった。餌がこれっぽっちも釣り針に残っていなかったからだ。まだ缶のなかにいたバッタたちは放され、麻酔にかけられたように元気なく短い草のなかに這っていった。隣の敷地にある皮なめし職人のところでは、もう昼休みに入っていた。昼食に戻る時間だった。食事の席ではほとんど会話がなかった。

「何か釣れたかい？」と父親が尋ねた。

「五匹」

「おや、そうかい？　まあ親魚を捕まえないように気をつけるんだな、子どもがいなくなってしまうから」

それ以上は話が弾まなかった。とても暑かった。食事の後すぐに泳ぎに行けないというのはとても残念なことだった。どうしてダメなんだろう？　体に悪いというのだ！　何か体に悪いことと関係があるのだった。ハンスにはそうではないことがよくわかっていた。しばしば禁を犯して泳ぎに行ったことがあったから。でもいまではもう行かない。決まりを破るにはもう大人になりすぎていた。驚いたことに、試験のときには「あなた」と呼びかけられさえしたのだ！

結局、庭のトウヒの木の下で一時間横になるのもそんなに悪くはなかった。日陰は充分あったし、本を読んだり蝶を眺めたりすることができた。そうやって彼は二時まで横になっていて、ほとんど眠り込むところだった。でもいまは泳ぎに行くときだ！水浴場になっている草地には、小さな子が二、三人いるだけだった。大きい子たちはみんなまだ学校にいるのだ。ハンスは心からいい気味だと思った。彼はゆっくりと服を脱ぐと水のなかに入った。温かさと冷たさを交互に楽しむすべを彼は心得ていた。

彼は少し泳いでは潜ったり、水をばしゃばしゃいわせたりしたかと思うと、すぐに岸辺で腹ばいになり、急速に乾いていく肌の上で日光が燃えるのを感じた。小さな子たちは敬意を表しながらハンスの周りを忍び足で歩いていた。なるほど、彼は有名人になっていたのだ。それに彼は他の子たちとは本当に違って見えた。陽に焼けた細い首の上に、自由で優雅に、知的な顔と偉そうな目を備えた繊細な頭がのっかっていた。さらに付け加えるなら彼はとてもやせていて、手足も細く華奢だった。胸や背中を見て肋骨を数えることができたし、ふくらはぎにもほとんど肉がついていなかった。

午後中ずっと、ハンスは太陽と水のあいだを行ったり来たりしていた。四時を過ぎると彼のクラスのほとんどの子どもたちが急ぎ足で騒ぎながらやってきた。

「おや、ギーベンラートか！　いまはいいご身分だな」

ハンスは心地よさそうに体を伸ばした。「まあまあだね」

「神学校に行くのはいつだい？」

「九月だよ。いまは休暇だ」

彼はみんなが羨ましがるに任せた。背後で嘲る声が大きくなり、誰かがこんな歌を歌いだしても気にも留めなかった。

「シュルツェん家《ち》のリザベート、
あんな身分になれればなあ！

昼間はベッドでごろごろしてる。

おいらの暮らしと大違い」

ハンスは笑っただけだった。少年たちはそのあいだに服を脱いでいた。一人はためらうことなく水に飛び込んだが、他の子どもたちは用心深く体を水の冷たさに慣らしていき、水に入る前にちょっと草地で横になる子どももいた。潜りのうまい者はみんなから感心された。臆病者は背中を押されて水に突き落とされ、助けを求めて叫んだ。みんなは追いかけっこをし、走ったり泳ぎ回ったりして、陸に上がっている者にも水しぶきをひっかけた。水音や叫び声が大きく響き、水に濡れた白く輝く体が川幅いっぱいに光っていた。

一時間後、ハンスはそこを離れた。暖かい夕暮れどきだったが、この時間には魚たちはまた餌に食いつくようになるのだ。ハンスは夕食まで橋の上で釣りをしていたが、ほとんど何も釣れなかった。魚たちは貪欲《どんよく》に釣り針の後について回り、餌は瞬時に食いちぎられたが、針に引っかかる魚はいなかった。ハンスはサクランボを針につけていたのだが、どうやらそれは大きすぎ、柔らかすぎるようだった。後でまた試してみよう、とハンスは決心した。夕食のときに彼は、大勢の知人がお祝いを言いに来てくれたことを知った。さらに今日発行の週刊新聞には、「役所広報」の見出しで次のような小さい記事が出ていた。

「わたしたちの町は今回、下級神学校の入学試験にただ一人の候補者ハンス・ギーベンラートを送った。喜ばしいことにたったいま、彼がこの試験に二番の成績で合格したことを知らされたのである」

ハンスは新聞をたたんでポケットに入れ、何も言わなかったが、ほんとうは飛び跳ねたいほど嬉しく、誇らしい気持ちだった。その後でまた釣りに行った。餌として、今度はチーズを何切れか持っていった。チーズは魚たちも好きだったし、暗闇のなかでも魚によく見えるからだ。

彼は釣竿を家に置き、釣り糸だけを持っていった。こういう釣りが一番好きだった。竿も浮きもなしで、糸を直接手に持つ。そうすると、釣り全体が糸と針だけで成り立つのだ。いささか骨の折れることではあったが、竿を使うよりずっと愉快だった。このやり方だと餌のどんな細かな動きも見逃さなかったし、魚が試したり食いついたりするたびに感知できた。糸を引く動きだけで、目の前にいるかのように魚を感じることができた。もちろんこうした釣りをマスターするには、指先が器用でなければいけなかったし、スパイのように絶えず気をつけていなければいけなかった。

狭く深く山間《やまあい》に刻み込まれて蛇行していく峡谷には、夕闇が早く訪れる。水は橋の下で黒く静かにたゆたい、川下の水車にはもう明かりがついた。人々の話し声や歌声が橋や路地を越えて流れてきた。空気はほんの少し蒸し暑く、川では絶えず黒っぽい魚が、水を打つ短い音とともに飛び上がっていた。こんな晩には魚たちは奇妙に興奮しており、ジグザグに泳ぎ回ったり空中に飛び上がったりして、釣り糸にぶつかっては闇雲《やみくも》に餌に飛びつくのだった。最後のチーズを使い終わったとき、ハンスは四匹の小さな鯉を釣り上げていた。この魚は明日、牧師のところに持っていくつもりだった。

暖かい風が谷を吹き下ってきた。すっかり暗くなったが、空にはまだ光が残っていた。暮れゆく町全体のシルエットから、教会の塔と城の屋根だけが黒く鋭く、まだ明るい上空に突き出していた。ずっと遠くを雷雨が襲っているらしく、ときおりくぐもった遠雷が聞こえてきた。

ハンスは十時にベッドに入った。もう長いことなかったほど頭も手足も心地よく疲れ、眠かった。美しく自由な夏の日々が、穏やかに、誘うように、彼の前に長い列をなして連なっていた。ぶらぶらしたり、泳いだり釣りをしたり、夢を見たりできる日々。たった一つ、自分が一番ではなかったということだけが、ちくちくと心に突き刺さっていた。

朝早く、ハンスは牧師館の玄関に立ち、自分が釣った魚を届けた。牧師が書斎から出てきた。

「ああ、ハンス・ギーベンラートか！　おはよう！　おめでとう、心からお祝いを言うよ。何を持ってきてくれたんだね？」

「魚をほんの数匹です。昨日、釣りをしたんです」

「おや、これはこれは！　どうもありがとう。さあお入り」

ハンスは見慣れた書斎に入っていった。実のところ、ここは牧師館の書斎らしくなかった。花の香りもタバコの匂いもしない。本のコレクションは相当数に上るが、ほとんどが新しく、本の背にはきれいにエナメルがかけられ、金で装飾されている。普通の牧師館の蔵書によくあるような、ぼろぼろになって歪み、虫が食ったりしみがついたりした本ではなかった。綿密に眺めれば、きちんと整理された本のタイトルからも新しい精神が見てとれただろう。それは、死にゆく世代の古風で気品のある紳士たちのなかに根付いているのとは別の精神だった。普通なら牧師の蔵書のなかにある尊敬に値する豪華本、ベンゲルやエティンガー、シュタインホーファー、さらには敬虔に神を賛美する人々の著作は、メーリケが『塔上の風見鶏』のなかであれほど美しく心からほめたたえているものだが、ここには揃っていなかった。あるいは、たくさんの現代的な本のなかに埋もれて目立たなくなっていた。雑誌のファイルも高机も紙が散らばっている大きな書き物机も、すべてが教養と真剣さを感じさせた。ここではたくさん仕事が進んでいるという印象を受けた。そしてここではたしかにたくさん仕事がなされていた。もっとも説教や教理や聖書の勉強に関わる仕事ではなく、学術雑誌向きの原稿執筆や研究、そして自分自身の著作のための仕事なのだった。夢見がちな神秘主義や不安げな瞑想《めいそう》はこの場所から追放されていた。学問の深淵を飛び越えて渇いた民衆の魂に愛と同情をもって向かっていこうとする素朴な心の神学もここにはなかった。その代わりにここでは熱心に聖書の批判が行われ、「歴史的存在としてのキリスト」が探求されていたが、これは現代の神学者たちにとっては垂涎《すいぜん》の的だったが、鰻《うなぎ》のように指のあいだをすり抜けていくものだった。

神学も他の分野と変わりはなかった。芸術としての神学と、学問としての、もしくは少なくとも学問であろうとしている別の神学があった。そのことは古代においても現代と同じだった。そして学問的であろうとする人々はいつも新しい革袋を作りながら古いワインを粗末にし、一方で芸術家たちは、多くの外面的な迷妄にとりつかれたままだったが、それでも多くの人々にとっては慰め手であり喜びをもたらす人々であったのだ。それは批判と創造、学問と芸術のあいだの古くて勝負にならない戦いだった。その戦いではいつも前者が理屈を通したが、それは誰の役にも立たず、一方で後者はくりかえし信仰や愛や慰めや美や永遠に関する予感などの種を蒔き、くりかえしよい土壌を見出すのだった。なぜなら生は死よりも強く、信仰は懐疑《かいぎ》よりも強かったから。

ハンスは初めて高机と窓のあいだにある小さな革のソファに座った。牧師は非常に親切だった。まるで仲間うちのように神学校について語り、そこでどんなふうに生活したり勉強したりしているかを話した。

「きみがあそこで体験することになる一番重要なことは」と牧師は最後に言った、

「新約聖書のギリシャ語入門だ。それによって新しい世界が開けるよ、いろいろと勉強したり喜びを感じたりできる世界がね。最初はその言葉を学ぶのに苦労するかもしれない。もうアッティカ風の古いギリシャ語ではないし、新しい精神によって創られた新しい用語が出てくるからね」

ハンスは注意深く耳を傾け、真の学問に近づいたような気がして誇らしく思った。

「この新世界についての学校での入門授業は」と牧師は続けた、「もちろんその新世界の魅力をほとんど取り去ってしまうがね。神学校では初め、ヘブライ語の勉強に時間がかかりすぎると思うかもしれない。もしきみさえよければ、この休み中、一緒に少し勉強を始めておくこともできるよ。そうすれば神学校に入ってから、他のことに向ける時間と余力ができて嬉しく思うはずだ。一緒にルカの福音書を何章か読んでみれば、ついでに遊びみたいにギリシャ語を学べるだろう。辞書も貸してあげるよ。きみは毎日一時間か、せいぜい二時間その辞書を引いてみるだけでいいんだ。それ以上はやる必要はない。だっていまは何より、手に入れた休養時間を大切にしなくちゃいけないからね。もちろんこれは一つの提案というだけで――きみの楽しい休暇の気分を台無しにするつもりはないんだよ」

ハンスはもちろん提案に同意した。ルカの福音書の授業は自由時間という陽気な青空にかかる薄雲のように感じられたが、断るのはさすがに恥ずかしかったのだ。新しい言語を休暇のついでに学んでおくのは、勉強というよりはむしろ娯楽だった。神学校で学ばなければならない新しい事柄、ことにヘブライ語に対して、ハンスはいずれにせよかすかな不安を覚えていたのだ。

ハンスは満足して牧師館を辞し、カラマツの並木道を通って森に入っていった。小さな不快感はすでに消え去り、牧師の提案について考えれば考えるほど、それは受け入れやすいものに思えてきた。神学校でも同級生に差をつけたいと思えば、いま以上に野心的に、粘り強く勉強しなければいけないことがわかっていたからだ。彼は絶対に優等生になりたかった。いったい何故だろう？　それは自分でもわからなかった。三年前から彼は注目の的となり、教師も牧師も父も、さらには校長までもが彼を激励し、たきつけ、次から次へと課題を与えてきたのだった。ずっと長いこと、どのクラスでも彼は疑いなく最優秀の生徒だったのだ。そして彼は次第に、トップにいること、誰にも追随を許さないでいることに誇りを持つようになったのだった。いまでは受験の際のあの愚かしい不安もなくなっていた。

もちろん、休めるのが一番すばらしいことだった。自分以外に散歩する人のいない朝の森が、どれほど並外れた美しさを見せていたことか！　果てしない大広間に青緑の丸天井を作りながら、トウヒの木が果てしなく並んでいた。下生えは少なく、ところどころに幅の広いラズベリーの茂みがあるだけだった。その代わり何時間歩いても途切れることのない、柔らかくて毛皮のようなコケの密生した大地があり、丈の低いコケモモの木やエリカなどが育っていた。朝露はすでに乾き、まっすぐに伸びた木の幹のあいだに、朝の森独特のむっとする空気が漂っていた。それは太陽の暖かさと朝露が蒸発した靄《もや》、コケの香りと樹脂やモミの葉やキノコなどの匂いが入り混じった空気で、軽く痺《しび》れさせるような心地よさであらゆる感覚に訴えてくるのだった。ハンスはコケのなかに身を投げ、黒っぽくびっしりと実のついたコケモモを食べまくり、あちこちでキツツキが木の幹をつついたり、嫉妬深いカッコウが叫び声を上げたりするのを聞いた。モミの木の真っ黒い頂のあいだからは雲一つない真っ青な空が顔をのぞかせていた。何千本もの垂直な木の幹が彼方に向かってそびえ立ち、揺るぎない茶色の壁を形作っていた。コケの上にはあちこちに黄色い陽だまりがあり、暖かくたっぷりと輝いていた。

ハンスは本当は遠くまで散歩をするつもりだった。少なくともリュッツェルの農場かクロッカスの草原までは行こうと思っていた。でもいまはコケの上に横になり、コケモモを食べながら気だるく空を眺めているのだった。こんなに疲れていることが、自分でも不思議に思えてきた。ふだんなら三、四時間歩いたってどうってことはなかったのに。そろそろ飛び起きてしっかり歩こう、とハンスは決心した。そして数百歩歩いてみた。しかしそこでまたコケのなかに横になり、休んでしまった。どうしてこうなるのか自分でもわからなかった。彼は横になったまま、目をしばたたかせながら視線を幹や梢のあいだや緑の地面にさまよわせた。ここの空気のせいでこんなにも気だるくなるなんて！

昼に家に戻ってきたとき、ハンスはまた頭痛がした。目も痛んだ。森の小道で、太陽に容赦なく照りつけられたからだ。午後の半分を彼は不機嫌に家で過ごしたが、泳ぎに行くとようやくまた元気になった。その後はもう牧師のところに行く時間だった。

道の途中で、仕事場の三脚台に座っていた靴屋の親方のフライクがハンスを見かけ、なかに入るように呼びかけた。

「どこへ行くんだね？　全然姿を見かけないね」

「牧師さんのところへ行かなくちゃならないんです」

「いまでも？　試験は終わったんだろう」

「ええ、でも今度は別の勉強があって。新約聖書なんです。新約聖書はギリシャ語で書かれているんだけど、ぼくがこれまでに習ったのとはまるで違うギリシャ語なんです。それを勉強しなくちゃいけなくて」

靴屋はかぶっていた帽子を大きく後ろにずらすと、思慮深げな広い額に深い皺を寄せた。彼は重いため息をついた。

「ハンス」と親方は低い声で言った。「お前に言っとかなくちゃいけないことがある。これまで試験があるから黙っていたけれど、いまはお前に警告しなくちゃいけない。牧師さんは不信心な人だということを知っておかなくちゃいけないよ。お前に向かって聖書は間違ってるとか嘘だとか言うだろう。牧師さんと一緒に新約聖書を読んだりしたら、おまえ自身の信仰がなくなってしまうし、どうなるかわからないよ」

「でもフライクさん、ギリシャ語の勉強をするだけなんだよ。神学校に入ったらどっちみちやらなくちゃいけないんだ」

「そういう理屈なんだね。でも信心深い良心的な人たちと聖書を勉強するのと、神さまを信じていない人間と読むのはまったく別のことだよ」

「そうですけど、牧師さんが本当に神さまを信じていないかどうかはわかりません」

「いいや、ハンス、残念ながらそれはわかるんだよ」

「でもどうすればいいんです？　ぼくは行くって牧師さんに約束しちゃったんです」

「それならもちろん行かなくちゃいけない、それは当然だ。でももうそんなにしょっちゅう行くんじゃないよ。そしてもし牧師さんが聖書について、これは人間が書いたものだとか嘘っぱちだとか聖霊によって書かれたのではないとか言ったりしたら、わたしのところにおいで。一緒にそれについて話そう。いいね？」

「はい、フライクさん。でもそんなひどいことにはならないと思いますよ」

「見ていてごらん。わたしが言ったことを考えるんだよ」

牧師はまだ帰宅しておらず、ハンスは書斎で待っていなければならなかった。金文字で書かれた本のタイトルを眺めているうちに、靴屋の親方の言ったことを考えずにはいられなかった。この町の牧師や、そもそも新しいタイプの聖職者たちについてのそういった噂話を、彼はこれまでに何度も耳にしていた。でもいま初めて、自分もそういった事柄のなかに引っ張り込まれた気がして、緊張すると同時に好奇心も覚えたのだった。ハンスにとっては、こうした問題は靴屋が感じるほど重要でもショッキングでもなかった。むしろ古くて大きな秘密をここで探り出せるかもしれない、と感じた。学校に通い始めたころは、神さまはあらゆる場所にいるのか、魂はどこへゆくのか、悪魔や地獄は、などという問いが、ときに空想に満ちた思索の扉を開いてくれた。しかし、ここ数年の厳しく勤勉な年月のあいだにこうした疑問はすべて影を潜めてしまい、学校で教え込まれた程度のキリスト教の信仰も、靴屋の親方と話をすることでときおり個人的に目覚めさせられるにすぎなかった。ハンスは靴屋の親方を牧師と比較して、ほほえまずにはいられなかった。靴屋が苦難の日々に獲得した地味で堅固な態度は少年には理解できなかった。おまけにフライクは賢い人間ではあったが単純で一方的なところもあって、多くの人々からその信心深さを嘲笑されてもいた。祈禱派の集会では、靴屋は厳しいなかにも博愛の心に満ちた仲裁者として、また力強い聖書の解釈者として参加者の前に立ち、村々を巡って伝道説教もしていた。それ以外のときには彼はちっぽけな職人にすぎず、他のみんなと同じようにささやかな暮らしをしていた。それに対して牧師の方は世慣れた男であり雄弁な説教者であるだけでなく、熱心で厳格な学者でもあった。ハンスは畏怖の念を抱いて彼の蔵書を見上げた。

やがて牧師が戻ってきて、外出用の上着を軽くて黒い自宅用のジャケットに替えた。彼はハンスにルカの福音書のギリシャ語テクストを手渡し、読むように促した。これはラテン語の授業のときとはまったく違っていた。彼らは少しだけ読み、読んだ文をしっくりこない逐語訳に置き換えたが、それから牧師はちょっとした例を挙げて器用に雄弁にこの言語の独特の精神を解き明かし、その当時のことやこの書の成立のいきさつについて語って、たった一回の授業だけで、学ぶことと読むことについての新しい見地を少年に示したのだった。一つ一つの語句や単語のなかにどんな謎や課題が隠されているかをハンスはおぼろげに感じ取った。そうした問いの答えを見つけようと古代から何千人もの学者や瞑想家や研究家が努力を傾けてきたのだったが、自分自身もいまこのときにそうした真実を探究する人々の仲間に受け入れられたのだ、とハンスには思えた。

彼は辞書と文法書を貸してもらい、その晩はずっと家で勉強していた。どれほど多くの勉強や知識の山を越えて真の研究へ向かっていくことになるのかを彼は感じた。その道の途中で投げ出したりしないで、最後まで歩き続けていく覚悟だった。靴屋のことはひとまず忘れてしまった。

この新しい課題に彼は数日間かかりきりになった。毎晩牧師のところに行ったが、真の学問は日ごとに美しく、難しく、努力する甲斐のあるものに思えてきた。朝早い時間には釣りに行き、午後には水浴場に行った。しかし、それ以外はほとんど家を出なかった。不安と試験における勝利の喜びのかげに隠れていた名誉心が再び目覚め、彼を落ち着かせなかった。同時に、この数か月間しきりに感じた頭のなかの奇妙な感覚がよみがえってきた。痛みではなく、脈が早まり、激しくかき立てられた力とともに、せわしなく勝ち誇るようにハンスを駆り立てた。どんどん先へ進もうとする、性急で血気にはやる欲望だった。その後はもちろん頭痛が襲ってきた。しかし、あの繊細な熱が続いているあいだ、読書も勉強も猛烈にはかどるのだった。そうなると彼は、いつもなら十五分かかってようやく解読できるクセノフォンの非常に難解な文章も、まるで戯れるようにやすやすと読んでしまうことができた。まったくといっていいほど辞書も引かないで、鋭くなった知性で難しいページの上をすばやく楽しげに読み進んでいくのだった。このように勉強の意欲と認識への欲求が高まったことで、誇りに満ちた自意識が芽生えてきた。それは、学校や教師たちや学びの歳月がもうとっくに過去のものであり、自分はいま知識と能力の高みに向かって自らの道を歩いているのだという感覚だった。こうした感覚を再び抱くようになると同時に、眠りが浅く、しばしば中断されるようになり、奇妙にはっきりとした夢を見るようになった。夜、軽い頭痛とともに目覚め、再び寝つくことができないときなど、前に進まなければいけないという焦燥感に駆られた。そして、自分が同級生全員にどれほど差をつけたかということや、教師や校長が自分を一種の尊敬と、驚嘆さえもって眺めていたことを考えると、優越感を覚えるのだった。

校長にとっては、自分が呼び覚ましたこのすばらしい名誉心を導き、それが育っていくのを見るのは密かな喜びだった。校長という種類の人間には心がなく、かたくなで魂を失ったやかまし屋たちだなどと言ってはいけない！　いやそれどころか、長いあいだ刺激を受けても芽の出なかった子どもの才能がいきなり花開くのを見たり、一人の少年が木のサーベルや石投げや弓や他の子どもっぽい玩具を片付け、成長しようと努力し始めるのを見たり、頬のふっくらした粗暴な子どもがまじめに勉強しているうちに繊細で真剣で禁欲的な少年に変わっていき、顔が大人びて知的になり、まなざしも深く、目的意識に支えられ、手が落ち着いて白く静かになるのを見たりすると、教師の魂は喜びと誇りに打ち震えるのである。彼の義務であり国家から委託された仕事とは、うら若い少年の生来の荒削りな力と欲望を制御して根絶し、その代わりに静かで節度のある、国から承認された理想を植えつけることだった。学校によるこうした努力がなかったら、現在では満足した市民や努力家の公務員になっている人々も、そのどれほど多くが絶えず突き進もうとする改革者や実を結ばないままあれこれ夢見る人間になってしまったことだろうか！ その人間のなかには何かがあった、何か荒々しいもの、動かないもの、非文化的なもの。まずそれを打ち砕かなければいけない。危険な炎は、消して踏み潰さなければいけなかった。自然のままの人間は、何か予測不可能なもの、不透明なもの、敵意に満ちたものである。人間は未知の山から流れ出す川のようであり、道も秩序もない原始林のようだ。そして原始林が間伐され清められ、力をもって制限されなくてはいけないように、学校も自然の人間を砕き、打ち負かして、力で制限を加えなくてはいけない。学校の使命は、上から認められた基本方針に従って人間を社会の有用な一員とし、彼のなかにある特性を目覚めさせることにある。それを目一杯訓練することで、やがては兵舎での入念な鍛錬を成功裏に終わらせるのだ。小さなギーベンラートはなんと見事に成長したことだろう！ 彼は放浪や遊びを自分からやめてしまった。授業中にバカな笑い声を立てることも、もうずっと前からなくなっている。庭いじりやウサギの飼育、忌まわしい釣りなども、彼は断念したのだ。

ある晩、校長が自らギーベンラート家を訪れた。訪問に気をよくした父親を丁寧な挨拶でやり過ごしてから、校長はハンスの部屋に入り、少年がルカの福音書を勉強しているのを見た。校長はハンスに親しみを込めて挨拶した。

「これはすばらしい、ギーベンラートくん、また熱心に勉強しているとは！　でもどうして全然姿を見せなくなってしまったんだね？　毎日きみが来てくれるのを待っていたんだよ」

「行きたかったんですけど」とハンスは申し訳なさそうに言った。「でもお伺いするなら少なくとも立派な魚を一匹持っていきたかったんです」

「魚だって？　どういう魚だね？」

「鯉かなにかです」

「なるほど。じゃあまた釣りをしてるんだね？」

「ええ、少しだけ。お父さんから許可をもらったので」

「ふむ。そうか。楽しいかな？」

「ええ、それはもう」

「いいとも、いいとも、きみは自分の休暇を立派に勝ち取ったんだからな。じゃあその合間に勉強するのはあまり気乗りがしないんだろうね？」

「いいえ、校長先生、勉強はもちろんしたいです」

「気分が乗らないのに無理強いしたくはないからね」

「もちろんやる気はあります」

校長は二、三度深呼吸をし、薄い髭を撫《な》でると椅子に腰を下ろした。

「いいかね、ハンス」と校長は言った。「こういうことなんだ。試験で非常にいい成績をとった後、突然反動が来るというのは昔からよくあることだ。神学校ではいくつもの新しい科目に取り組まなくてはいけないんだからね。休暇のあいだにしっかり準備してくる生徒たちもかなりいるんだよ。入学試験ではあまり成績のよくなかった人の場合が多いがね。そういう生徒たちが突然、休み中に月桂冠の上であぐらをかいていた生徒たちを追い越して優等生になってしまうんだよ」

校長は再びため息をついた。

「きみはここの学校では、いつも簡単に一番になれたからね。でも神学校に行ったら、出来がいい生徒や非常に勤勉な生徒ばかりで、そんなに楽に追い越すことはできないだろう。わかるかね？」

「はい」

「そこできみに、この休暇のあいだに少し予習しておくことを提案したいんだ。もちろん適度にだよ！　いまはしっかり休む権利と義務があるんだからね。一日に一時間か二時間ぐらいでちょうどいいだろうと思うんだ。それくらいは勉強しないと簡単に軌道を逸《そ》れてしまって、後でまたちゃんとついていくのに何週間もかかるだろうから。きみはどう思うかね？」

「やりたいと思います、校長先生、先生さえ教えてくださるなら……」

「よろしい。ヘブライ語と並んで、神学校ではホメロスがきみに新しい世界を開くだろう。いまからもうしっかりとした基礎を作っておくなら、きみはホメロスを二倍も楽しく理解しながら読むことができるだろう。ホメロスが使っている言語は古いイオニア方言で、さらにホメロス独自の音韻があって、まったく独特な、他に例のないものなんだよ。この作品をそもそもちゃんと享受しようと思うのなら、勤勉さと緻密さが要求されるんだ」

もちろんハンスには、喜んでこの新しい世界にも飛び込む用意があり、最善を尽くすことを約束した。

しかしまだ意外な結末があった。校長は咳払《せきばら》いすると、優しくこう続けたのだ。

「率直に言うと、きみは数学も何時間かやった方がいいと思う。計算ができないわけじゃないけれど、数学はこれまでそれほど得意ではなかったからね。神学校では代数と幾何を始めなくてはならないし、それなら何章か前もって準備しておくのが望ましいよ」

「わかりました、校長先生」

「いつでもわたしのところに来てくれていいんだよ、それはわかっているね。きみが有能な人物に育ってくれることは、わたしの名誉でもあるからね。だが数学に関しては、先生のところで個人授業をしてもらうことをお父さんに許可してもらわなくちゃな。週に三時間か四時間でいいよ」

「わかりました、校長先生」

またもやいそいそと熱心に勉強が行われることになり、ハンスはときおり一時間釣りに行ったり散歩に行ったりするだけで心に咎めを感じた。いつも水泳に当てていた時間は、わざわざハンスに教えてくれることになった数学の教師によって、個人授業の時間に指定されてしまった。

この代数の授業はハンスにとって、どんなにがんばってみても楽しくならなかった。暑い午後のさなかに水浴場に行く代わりに教師の生暖かい部屋に入り、蚊がぶんぶん飛び回っている埃っぽい空気のなかで、疲れた頭と乾いた声で「aプラスb」とか「aマイナスb」などと言わなくてはいけないのは辛いことだった。空気のなかには何か感覚を麻痺させるもの、ひどく圧迫するものがあり、調子の悪い日にはそれが情けない気持ちや絶望などに変わりうるのだった。数学はハンスにとってそもそも奇妙な科目だった。彼は数学に対して心を閉ざし何も理解できないというタイプの生徒ではなかった。ハンスはときには優秀な、気のきいた答えを導き出したし、問題を解く喜びも感じていた。数学に関しては、迷いや欺瞞《ぎまん》がなく、テーマから逸れたり、人を惑わすような隣接領域に入り込んだりする可能性のないことが気に入っていた。同じ理由でラテン語も好きだった。この言語は明晰で確実で一義的であり、ほとんど疑問が生じる余地がないからだ。しかし、計算ですべての結果が正しくても、そこから何も出てこないのだった。数学の勉強と授業は、平らな国道を歩くようなものに思えた。いつも前に進むことはでき、昨日はわからなかったことがわかるようになる。しかし、突然視界が開けるような山に登ることはないのだった。

校長のところの授業はもう少し快活だった。もちろん牧師の方が、校長が若々しいホメロスの言葉から導き出す以上に、新約聖書の変成ギリシャ語からずっと魅力的で華麗なものを引き出すすべを心得ていた。しかしそれはとどのつまりホメロスであって、最初の困難を乗り越えればすぐに驚きや楽しみが飛び出してきて、どんどん先へ進まずにはいられなくなるのだった。ハンスはしばしば秘密めいた美しい響きの難解な韻文を前にして、静かで明るい庭園を眼前に開いてくれる鍵を辞書のなかに見つけるのに、どんなに急いでも間に合わない気持ちになり、待ちきれずにどきどきするのだった。

また宿題がたっぷり出るようになった。ハンスは歯を食いしばって宿題を解きながら、かなり多くの夜、また遅くまで机に向かうようになった。父ギーベンラートはこの熱心さを誇りを持って見ていた。彼の鈍重な頭のなかには、多くの偏狭で平凡な人々が持つ理想が漠然と生まれていた。自分という幹から一本の枝が自分を越えて高みに伸びてゆくのを見るという理想である。その高みに、彼はぼんやりとした尊敬の思いを寄せているのだった。

休暇の最後の週になると、校長と牧師は突然また目立って穏やかになり、心遣いを示すようになった。彼らは少年を散歩に行かせ、授業は中止して、ハンスが元気でさわやかに新しい生活に入ることがどれほど重要かを強調し始めた。

ハンスはまだ二、三回釣りに行くことができた。ひどく頭痛がし、きちんと集中できないまま川べりに座っていたが、川はいまでは初秋の薄青い空を映していた。どうしてあのころあんなに夏休みが楽しみだったのか、いまでは謎に思えた。いまではむしろ、夏休みが終わること、神学校に入ってこれまでとはまったく違う生活と勉強を始められることの方が嬉しかった。釣りはどうでもよくなってしまったので、魚がかかることもほとんどなくなってしまった。父親からそのことでからかわれると、ハンスはもう釣りをやめ、きれいな釣り糸をまた屋根裏部屋の箱にしまってしまった。

夏休みの最後になって、ハンスは突然、もう何週間も靴屋のフライクのところに行っていなかったことを思い出した。彼は義務的な思いで親方を訪ねていった。夕刻で、親方は居間の窓辺に座り、小さな子どもを膝にのせていた。窓が開いているにもかかわらず、革とワックスの匂いが家中を満たしていた。ハンスは戸惑いながら、親方の硬くて幅広い右手に自分の手を重ねて握手した。

「どんな具合だね？」と親方は尋ねた。「牧師さんのところで熱心に勉強してたのかね？」

「ええ、毎日行って、たくさんのことを学びました」

「どんなことを？」

「ギリシャ語が中心だったけど、ほかにもいろいろなことを」

「それでわたしのところには全然来たくなかったんだね？」

「来たいとは思ったんですよ、フライクさん。でも都合がつかなかったんです。牧師さんのところで毎日一時間、校長先生のところで毎日二時間、それから週に四回、代数の先生のところにも行かなくちゃいけなかったんです」

「休暇中なのに？　なんてひどい話だ！」

「ぼくにはわかりませんけど。先生たちがそうしろとおっしゃったんです。それに勉強するのは嫌じゃないし」

「そうかもしれんな」とフライクは言い、少年の腕をつかんだ。「勉強は大丈夫かもしれんが、なんて腕をしてるんだ？　顔もやつれてしまって。まだ頭が痛いのかね？」

「ええ、ときどき」

「ひどい話だ、ハンス、おまけにこれは罪だよ。お前の年齢にはちゃんと外の空気を吸って運動し、しっかり休まなくちゃいけないんだ。でなけりゃ何のために休暇があるんだ？　部屋に閉じこもって勉強するためじゃないだろう。お前は骨と皮じゃないか」

ハンスは笑った。

「まあ、お前はきっと切り抜けるだろうけど。でもやり過ぎはやり過ぎなんだ。牧師さんのところの勉強はどうだったね？　どんなことを言っていた？」

「いろいろなことを言ってたけど、悪いことは何も。牧師さんはすごい物知りなんです」

「聖書を貶《おとし》めるようなことは言わなかったかね？」

「ええ、一度も」

「それはよかった。言っておくが、魂を損なわれるくらいなら身体を十回滅ぼされた方がましなんだよ！　お前は将来牧師さんになるんだろうが、それは大切で重要な仕事だよ。そしてその仕事が必要としているのは、ほとんどの若者とは違うタイプの人間なんだ。ひょっとしたらお前はぴったりの人間で、魂の助け手や導き手になれるのかもしれん。わたしもそれを心から願っているし、そのために祈るつもりだよ」

親方は立ち上がり、少年の肩にしっかりと両手を置いた。

「元気でな、ハンス。善い道を外れるんじゃないよ！　主がお前を祝福し、守ってくださるように。アーメン」

その態度の荘厳さや祈り、きまじめな標準ドイツ語の会話などは少年を息苦しくさせ、居心地の悪い思いにした。牧師だったら別れ際にそんなことはしなかったのだ。

入学の準備や別れの挨拶などで、数日間はあっという間にあわただしく過ぎてしまった。シーツや洋服や下着や本が入った箱が発送された。その後で旅行袋に荷物が詰められ、ある涼しい朝、父と息子はマウルブロンへ旅立った。故郷を離れ、実家を出て見知らぬ施設へ行くのは、奇妙で、心を圧迫するようなことだった。

第3章

その州の北西部、森の多い丘陵地帯と静かで小さい湖のあいだに、シトー会が運営する、規模の大きなマウルブロン修道院があった。ゆったりとした造りの、堅固で手入れの行き届いた美しい古い建物が建っていた。それらの建物は内部も外観も美しく、数百年のあいだに周囲の穏やかで美しく緑の多い風景とも気高く緊密に一体化していて、心をそそるような住まいといってよかった。修道院を訪れる者は、高い壁に開いた絵のように美しい門を通り、広々とした、非常に静かな場所に足を踏み入れることになる。そこには噴水があり、年老いた木々がまっすぐに立ち、両側に古い石造りの堅固な建物が並んでいた。その向こうには後期ロマネスク様式の玄関ホールを備えた、「パラダイス」と呼ばれる巨大な主教会の正面が見えたが、この建物は他に例を見ない、人を魅惑する壮麗な美しさを持っていた。教会の大きな屋根の上には、先が針のようにとがった、おどけたような小さい塔がちょこんと載っていたが、このなかにどうやって鐘が入っているのかわからないほどの小ささだった。それ自体がすばらしい建築物である回廊には破損箇所もなく、アクセサリーとして噴水脇の礼拝堂を擁《よう》していた。身分が高い人々のための食堂は、力強く気品のあるアーチ造りの見事な空間だった。さらには祈禱室、談話室、平信徒のための食堂、修道院長の住居があり、二つの教会ががっしりとつながっていた。絵のように美しい壁、張り出し窓、門、小庭園、水車や居住用の建物などが心地よく朗らかに、どっしりした古い建物を取り囲んでいた。修道院前の広場は静かで人気《ひとけ》もなく、眠り込んだような静寂のなかで木々の影と戯れていた。昼休みのときだけ、つかのまの生がその広場の上で展開される。その時間になると一群の若い人々が修道院から出てきて、広場に散り散りになり、少しばかり動いたり叫んだり話したり笑ったりし、ボールで遊んだりなどもするが、休み時間が終わるとまた、跡形もなくすばやく壁の向こうに消えていくのだった。この広場ではすでに何人もの人々が、ここは有徳な人生と喜びの場所であると考えた。ここでならば生き生きとしたもの、人を幸福にするものが育つに違いないし、成熟した善良な人間が喜ばしい思いに耽《ふけ》り、美しく明朗な仕事を成し遂げるに違いない、と考えたのである。

感じやすい若者の心を美しさや安らぎで取り囲むことができるように、政府は愛情に満ちた配慮で、世間から隔絶し、丘陵や森の背後に隠されたこのみごとな修道院を、プロテスタント神学校の生徒たちに提供したのだった。若者たちは同時にこの場所で、心を惑わす都会や家庭生活の影響から逃れ、商業活動に伴う有害な光景も目にせずにすんでいた。それによって、青年たちに何年にもわたって、ヘブライ語やギリシャ語やその他の科目こそが人生の目標であると思わせ、大まじめに勉強に取り組ませることが可能になったし、若い魂の渇きを純粋で理想的な学問や楽しみに向けることができたのだった。それに加えて重要な要素となったのは、寄宿舎での生活であり、自己訓練の必要性と集団意識であった。神学生たちの生活費と学費は政府が負担したが、こうした環境のもとで庇護《ひご》される学生たちが、将来いつでもそれとわかるような特別の知性を備えた人間になるよう、配慮がなされていた。こうした知性こそ洗練された確実な烙印《らくいん》であり、自発的にそれに身を捧げた人間の意味深いシンボルなのである。ときおり出奔《しゅっぽん》してしまう野生児を除けば、シュヴァーベンの神学生は誰もが一生のあいだ、そのような教育を受けた人間であることがみてとれるのだった。人間は一人一人なんと違うことだろう、そして育つ環境や境遇もなんとさまざまなことだろう！政府は自らが保護する学生たちのそうした違いを公平かつ徹底的に、一種の精神的なユニフォームやお仕着せによって平均化してしまうのである。

神学校に入る際にまだ母が生きていた者は、一生涯、感謝と感動の微笑をもって母との日々を思い出すだろう。ハンス・ギーベンラートはそうした一人ではなく、感動もなしに学校の門をくぐったが、大勢の見知らぬ母親たちを観察して、ものめずらしい印象を抱くことはできた。

造りつけの戸棚に囲まれた大きな廊下、いわゆる宿泊所《ドルメント》では、箱や籠《かご》があちこちに置かれ、両親に付き添われた少年たちが、忙しそうに自分の七つ道具を取り出したり片付けたりしていた。どの生徒も番号のついた自分のロッカーと、学習室には番号のついた自分の本棚を割り当てられていた。息子たちと両親は床に膝をついて荷ほどきをし、助手を務める学生が領主のようにそのあいだを歩き回っては、ときおり善意の助言を与えていた。人々は荷物から取り出された洋服を広げたり、シャツをたたんだり本を並べたり、ブーツやスリッパを一列に揃えたりしていた。主要な持ち物に関してはみんな同じだった。というのも持参するべき着替えやその他必要な道具の最低数はあらかじめ決められていたからだ。釘で引っかいて名前を書いたブリキの洗面器が荷物から取り出され、スポンジや石鹼箱、櫛や歯ブラシなどと並べて洗面所に置かれた。全員がさらにランプと、灯油入れ、フォークとスプーンのセットなどを持ってきていた。少年たちは誰もが非常に忙しそうで、興奮していた。父親たちはほほえみ、子どもを手伝おうとしてはいたが、しばしば腕時計を見、かなり退屈していてできれば逃げ出したい様子だった。心から忙しそうにしているのは母親たちの方だった。洋服や下着を一枚ずつ手に取り、皺を伸ばし、ベルト類をきちんと整えると、細かく気を配って位置を確かめながら、それらをできるだけきれいに実用的にロッカーのなかにしまおうとしていた。それと同時に、注意や忠告、愛情のこもった言葉などが次々にあふれ出してくるのだった。

「新しいシャツは特に気をつけて扱ってね。三マルク五十もしたのだから」

「洗濯物は四週間ごとに鉄道便で送ってちょうだい――もし急ぐときは郵便でもいいわ。黒い帽子は日曜日だけかぶるのよ」

やさしそうな太った婦人が丈の高い箱に腰掛け、息子にボタンの縫いつけ方を教えていた。

「うちが恋しくなったら」と別のところで声がした。「いつもお母さんに手紙を書いてね。クリスマスまではそれほど長い時間というわけでもないわよ」

まだかなり若くて美しい婦人が荷物で一杯になった息子のロッカーを見回し、愛撫するような手つきで下着の山や上着やズボンなどを撫でていた。それが終わると彼女は肩幅が広く頰の膨らんだ自分の息子を撫で始めた。息子は恥ずかしがって、困惑したように笑いながら愛撫を拒み、自分まで情に流されていると思われないように、わざわざ両手をズボンのポケットに突っ込んでいた。別れは彼にとってよりも母親にとって辛いようだった。

他の子どもたちの場合は逆だった。彼らは忙しそうな母親を何もせず困ったように眺め、できればまたすぐに家に帰りたそうな様子だった。どの子どもも別離を不安がっていたが、優しくしてほしい、甘えたいという気持ちが募るものの、周りの人に見られてしまうという恥じらいや、いまこそ一人前の男として振る舞うときが来たのだという反抗的な自負心が、その気持ちと激しく戦っていた。ほんとうなら泣きたいと思っている多くの子どもたちが、わざと平気そうな表情を作り、何でもないような振りをしていた。母親たちはそれを見てほほえんでいた。

ほとんどの生徒たちは箱から必要最低限のものだけではなく、一袋のりんごとか、スモークソーセージとか、一籠のクッキーといったような贅沢品も取り出していた。スケート靴を持ってきた子どもも多かった。一人の小柄で賢そうな少年がハムを大きな塊のまま持ってきていて、全然隠そうともしなかったので大いに注目を集めた。どの子が家から直接来ていて、どの子が以前から寮や下宿に入っていたのか、簡単に見分けることができた。しかし、寮や下宿に住んだ経験のある子どもたちも、やはり興奮したり緊張しているのがわかった。

ギーベンラート氏は息子の荷解きを手伝い、実務的かつ賢明に振る舞った。たいていの人々よりも早く荷物の整理を終え、しばらくのあいだ、手持ち無沙汰で退屈そうにハンスと宿泊所に突っ立っていた。注意や教訓を与える父親たち、慰めたり忠告したりする母親たち、ふさぎこみながら耳を傾ける息子たちをいたるところで目にして、ギーベンラート氏もハンスの門出に際して名言を贈るのがふさわしいことであると考えた。彼は長いこと考え、黙りこくった少年の脇を頭を悩ませながら大またで歩いていたが、突然話し始め、厳粛な演説調でちょっとした名句集を披露した。ハンスは驚いて静かに傾聴したが、自分たちの隣にいる牧師が父親の話を耳にして愉快そうにほほえんでいるのを見ると恥じらって、まだ話している父親を脇へ押しのけた。

「だからいいね、家族の名誉になるようにがんばるんだよ？　そして上の人の言うことはよく聞くんだぞ？」

「うん、もちろん」とハンスは言った。

父親は沈黙し、ほっとしたように息をついた。彼は猛烈に退屈し始めた。ハンスもどうしていいかわからない気分で、胸苦しい好奇心を感じながら窓から静かな回廊を見下ろした。回廊に漂う古風な世捨て人のような気品と落ち着きは、上で騒がしくしている少年たちととりわけ好対照を成すように思えた。ハンスはまもなくおずおずと、用事にかまけている同級生たちを観察し始めたが、そのうちのまだ一人も知り合いではないのだった。シュトゥットガルトで会った例の受験生は、洗練されたゲッピンゲンのラテン語にもかかわらず試験には受からなかったようだった。少なくともハンスは彼をどこにも見かけなかった。あまり深い考えもなく、ハンスは自分の未来の同級生たちを眺めていた。少年たち全員の持ち物は種類も数も似通ってはいたが、都会から来た者と農家の息子、裕福な者と貧しい者は容易に見分けがついた。金持ちの息子はめったに神学校に来なかったが、それは両親が誇り高かったりいろいろ目論見があったりする場合もあれば、子どもの才能による場合もあった。しかしそれでも多くの教授や地位の高い役人たちが、自らの神学校時代を懐かしんで息子をマウルブロンに送ってきた。そういうわけで、四十着の黒い上着には生地や仕立てにいろいろと差があったし、少年たちはそれ以上に、作法や方言や立ち居振る舞いなどにおいて異なっていた。体の硬いやせっぽちのシュヴァルツヴァルト人がいたし、藁《わら》のような金髪で口の大きいアルプ地方出身の初々しい少年もいた。自由で陽気な態度のきびきびした低地住民もいれば、先のとがったブーツを履き、こなれた、というより洗練された方言で話す繊細なシュトゥットガルト人もいた。これらの少年たちの四分の一以上は眼鏡を掛けていた。華奢《きゃしゃ》で、ほとんどエレガントといっていいシュトゥットガルトのお母さん子は、しっかりとした見事なフェルトの帽子をかぶり、上品に振る舞っていたが、同級生のなかでもふてぶてしい面々が、こうした見慣れない装飾品に最初の日から目をつけ、後々のからかいや乱暴のたねにしようとしていることなど知る由もなかった。

もっと敏感な観察者ならば、内気そうなこの集団が、この州の少年たちのなかでは悪くない部類に属するということを見抜くことができただろう。注入教授法[6]で勉強したことが遠くから見てもわかるような凡才たちのほかに、洗練された男の子や反抗的で意志の強い男の子たちが欠けているわけではなかった。そうした子どもたちはすべすべした額の内側に、より高尚な人生が、まだ半ば夢の形で眠っているのだった。ひょっとすると賢くて頑固なこのシュヴァーベン的頭脳のうちの何人かは、ときが経つうちに広い世界に突き進んでいき、自分自身の常にいくらかドライで強情な思考によって新しい強力なシステムの中枢に座ったのかもしれなかった。というのもシュヴァーベン人はよく教育された神学者だけを育てて世界に供給してきたのではなく、哲学的思索においても伝統的に優れていることを誇りを持って主張できるのであるが、そこからはすでに何度も評判の高い預言者や、異端者が現れてきたのであった。そうやってこの実り豊かな地方は、政治的な伝統においてはずっと遅れをとり、無害なひよことして嘴《くちばし》の鋭い北方の鷲であるプロイセンにくっついているありさまだったものの、少なくとも神学と哲学という知的な分野においては今日でもまだ確かな影響を世界に与えていたのだった。それと並んで、シュヴァーベン人たちのなかには古代か

6　頭の悪い人にも物を覚えさせるための教授法で、ニュルンベルク出身の学者が開発した。

ら美しい形式や夢見るような詩情に対する喜びが潜んでいて、ときおり詩人や作家たちが育っていったが、そうした人々もかなりいい作品を残していた。もっとも昨今ではそうした作家たちの評判にも翳《かげ》りが出てきていた。なぜなら詩の世界においても我々の北方に住む兄弟たちが優位に立っていたからだ。北方の人々は南方の言語を無粋とみなし、自分たちのもっと鋭い言語を使って主役を演じていた。彼らの言葉は地面の匂いを歌ったかと思えばベルリンの優雅さを歌い、その大胆さにおいては我々の古風な竪琴にずっと勝っていた。残念ながらここでも別の場所でも、それに抗して立ち上がり、あの誇り高いベルリンの人々の、まだ歴史の浅い文化的伝統の上についた緑青《ろくしょう》をはがしてやろうなどと思う人はいなかった。我々はそれぞれの人の分を喜んで認めるのである。我々には古いシュタウフェン朝の伝統があり、静かな森の上で太古の壮麗さがまどろんだり夢見たりしているのだが、ベルリンにはツォレルン家の文化があり、そこではピカピカ光る大砲の脇を、まっすぐで、いやになるほど清潔な道路が走っているのだった。両方の土地が、それぞれ自分らしい何かを持っていた。

マウルブロン神学校の施設やそこで行われている習慣には、外面的に見るかぎりシュヴァーベン的なところは感じられなかった。むしろ修道院時代から残っているラテン語の名前のほかに、最近になってまたたくさんの古典的な名称が掲げられるようになっていた。寮生たちに割り当てられている部屋には、フォーラムとか、ヘラス、アテネ、スパルタ、アクロポリスなどの名前がつけられていた。最後の一番小さな部屋がゲルマニアと名づけられていたが、これはほとんど、ゲルマン的な現代から、機会があればギリシャ・ローマ的な理想像を作り上げるべき根拠を示しているように思われた。しかしこれもまた単に外面的なことであって、実際はヘブライ語の名前の方がもっとふさわしかっただろう。そういうわけで、アテネの部屋にもっとも心の広い者や雄弁な者がいたわけではなくて、何人かのまじめで退屈な人間が寝起きしていたことや、スパルタの部屋に闘士や禁欲家がいたわけではなくて、一握りの陽気で生意気な無党派の生徒がいたことも、愉快な偶然のなせる業だった。ハンス・ギーベンラートには、九人の同級生と一緒にヘラスの部屋が割り当てられた。夜、他の九人とともに初めて、ひんやりして殺風景な寝室に足を踏み入れ、生徒用の細長いベッドに身を横たえたとき、ハンスはまだ胸の辺りが変な感じだった。天井からは大きな石油ランプが下がっており、生徒たちはその赤い光の下で服を脱いだが、十時十五分になると助手がそのランプを消すのだった。みんなが並んで横になり、二つのベッドのあいだには衣服をおいた小さな椅子があった。柱からは紐が下がっていたが、これは引っ張って朝の鐘を鳴らすためのものだった。少年たちのうちの二、三人はすでに顔見知りで、おずおずと囁《ささや》くような言葉をしばらく交わしていたが、それもまもなく止んだ。他の少年たちはお互いを知らず、誰もが少ししょんぼりとして、死んだように静かにベッドに横になっていた。すでにまどろんでいる者からは深い息遣いが聞こえてきた。一人が眠ったまま腕を動かし、麻でできた掛け布団がかさかさと音を立てた。まだ起きている者は、じっと静かにしていた。ハンスは長いあいだ眠りにつくことができなかった。隣にいる少年たちの呼吸に耳を澄まし、しばらくして、さらにその隣のベッドから奇妙に不安そうな物音が聞こえてくるのに気づいた。そこでは誰かが横になったまま、掛け布団を頭の上まで引っ張りあげて泣いていた。遠くから響いてくるような低いすすり泣きは、ハンスを妙に興奮させた。彼はホームシックにはならなかったが、自宅の静かで小さな自分の部屋にいられないのが残念だった。それにまだよくわからない新しいことや、たくさんの同級生たちに対する気弱な不安感があった。まだ真夜中ではないのに、寝室ではもう誰も起きていなかった。少年たちは並んで眠り、縞柄《しまがら》の枕に頰を押し付けていた。悲しげだったり反抗的だったり陽気だったり内気だったりする子どもたちが、同じように甘く深い休息と忘却に包まれていた。古い尖《とが》り屋根や塔、出窓、ゴシック式の小尖塔やぎざぎざの壁、尖頭式の歩廊などの上に青白い半月が上った。月の光は建物の蛇腹や敷居のところに集まり、ゴシック式の窓やロマネスク様式の門をかすめて、回廊の噴水の大きくて気品のある水盤のなかで、淡い黄金色に揺れていた。何本かの黄色の筋や光の面が、ヘラスの寝室の三つの窓からも差し込んで、まどろむ少年たちの夢の隣に、かつて修道士たちの夢の傍らにいたときのように、隣人らしくたむろしていた。

翌日、荘重な入学式が礼拝堂で行われた。教師たちはフロックコート姿で立ち、校長がスピーチをした。生徒たちは考えを巡らしながら背中を丸めて椅子に座っていたが、ときおり振り返って、ずっと後ろに座っている両親の方を盗み見たりした。母親たちは物思いに耽りながらほほえみ、父親たちはまっすぐな姿勢で校長の話を追い、真剣で断固とした様子に見えた。誇らしく立派な気持ちと美しい希望が親たちの胸をふくらませており、ただの一人も、自分の子どもを経済的な優遇と引き換えに国に売り渡すのだとは思ってもいなかった。最後に生徒たちは一人ずつ名前を呼ばれ、列の前に進み出て校長と握手をすることで正式に生徒として受け入れられ、同時に生徒としての義務を課された。こうして生徒たちは、道さえ踏み外さなければ、生涯の終わりまで国家によって養われ、住む場所を与えられることになったのだった。それがまったく無償というわけではないかもしれないということについては誰も考えたりせず、父親たちもそこまでは思っていなかった。

子どもたちが父母と別れなければいけない瞬間は、入学式以上に真剣で感動的だった。ある者は徒歩、ある者は郵便馬車、また別の人々は大急ぎで手配した乗り物に乗って、親たちは後に残される息子の眼前から姿を消した。ハンカチがまだ長いこと、穏やかな九月の空気のなかで振られていた。しまいには森が旅立った人々を飲み込んでしまい、息子たちは静かに思いに耽りながら神学校に戻っていった。

「さて、ご両親もいまでは帰られたわけだ」と助手が言った。

いまや少年たちは、まずそれぞれの部屋で、互いに見つめあい、近づきになり始めた。彼らはインク壺にインクを入れ、ランプに油を満たし、本やノートを整理し、新しい部屋になじもうとした。そうしながら互いに好奇心をもって眺めあい、会話を始め、故郷はどこか、これまでどの学校に行っていたのかと尋ね、汗をかきながらみんなで受けた州試験の思い出を話したりした。天板に傾斜のついた個々の机のところにおしゃべりのグループができ、あちらこちらで少年たちの明るい笑い声が起こり、その晩にはルームメートたちは、船客たちが航海の終わりに親しくなるよりもずっと、互いのことがよくわかるようになっていた。

ハンスと同じくヘラスという部屋で寝起きすることになった九人のうち、四人は明らかに個性的だったが、残りは多かれ少なかれ凡庸な少年たちだった。まずはオットー・ハルトナーがいた。シュトゥットガルト出身で教授の息子、才能があり穏やかで、自信もあり、非の打ち所のない態度だった。彼は肩幅が広くがっしりとした体つきで、仕立てのいい洋服を着、しっかりとした立派な物腰で同室の者たちに感銘を与えた。

それからアルプ地方にある小さな村の村長の息子、カール・ハーメル。彼と知己になるにはしばらく時間がかかった。というのも彼は矛盾だらけの人間で、めったに見かけ上の無気力の殻を破ろうとしなかったからだ。いったん殻を破ると彼は情熱的で、はしゃぎ屋で、暴力的でもあったが、そういう状態は長続きせず、また自分の内にこもってしまい、そうなると静かな観察者なのか、ただの臆病者なのか、わからないのだった。

目立ちはしてもそれほどややこしくないのが、シュヴァルツヴァルトの上流家庭出身のヘルマン・ハイルナーだった。もう最初の日から、彼が詩人であり洗練された知性の持ち主であることがわかった。彼は州試験のときの作文を六行ずつ韻を踏んで書いたという噂が広まっていた。彼はおしゃべりで生き生きとしており、美しいヴァイオリンを持っていた。主として感傷と軽率が入り混じった若々しく未熟な性質を、衣服のように表面的に身に着けているように見えたが、もっと目に見えない、深い性質を身内に潜ませているのだった。彼は体も心も年齢以上に成長しており、すでに自分の道を歩み始めようと試みていた。

しかし、ヘラスの住人のなかで一番の変人はエミール・ルツィウスだった。薄いブロンドの人目につかない小柄な少年で、白髪の農夫のように粘り強く勤勉でそっけなかった。まだ大人になりきっていない体格や顔つきにもかかわらず、彼には少年っぽい印象はなかった。むしろ至るところに大人っぽさがあり、もうこれ以上彼を変えることはできないかのように思えた。最初の日から、他の生徒たちが退屈したり、しゃべったり、環境に慣れようとしている傍らで、彼は静かに落ち着いて文法の本を開き、両耳を親指でふさいで、失った年月を取り戻そうとするかのようにやみくもに勉強していた。

この無口な変人の計略は、時間をかけてようやく見抜くことができる類のものだった。同級生たちは彼のなかに、非常に抜け目のないけちん坊でエゴイストの人間を見出したが、こうした悪癖が彼においてはまさに完成していたので、周囲からは一種の尊敬や忍耐を勝ち取ることができた。彼はずるがしこい節約と利殖の方法を心得ていて、その細かなトリックはすぐには気づかれないものだったが、人々の驚きを呼んだ。ルツィウスの節約プログラムは朝の起床時から始まった。彼は自分のものを節約するために、他の人のタオルと、可能ならば石鹸も使ってしまおうとして、一番もしくは最後に洗面所に行くのだった。そうやって彼は、自分のタオルがいつも二週間かそれ以上もつようにしていた。しかしタオル類は一週間ごとに交換することになっており、毎週月曜の午前には一番上の助手がそれをチェックした。そういうわけでルツィウスも月曜の朝には洗い立てのタオルを自分の番号の付いた釘に掛けておいたが、昼休みにはまたそれを外し、きれいに畳んで箱に戻し、代わりに先週あまり使わなかった古いタオルをまた掛けるのだった。彼の石鹸は固くてほとんど減らず、そのおかげで何か月ももった。だからといってエミール・ルツィウスの外見はけっしてだらしないところがなく、いつもこざっぱりし、髪もきちんと櫛でとかして薄いブロンドの髪を丁寧に分け、下着や衣服も非常に大切にしていた。

洗面の後は朝食だった。朝食には一杯のコーヒーとひとかけらの砂糖、細長い白パンが出た。たいていの者にとっては充分とはいえなかった。若者は通常、八時間寝た後にはしっかり空腹を感じているからだ。ルツィウスはしかし満足していて、毎日の砂糖のかけらを少しかじるだけで節約し、かけら二個を一ペニヒで、あるいは二十五個をノート一冊と取り替えてくれる相手をいつも見つけていた。彼が夜には高い油代を節約するために、他人のランプのそばで勉強したのはいうまでもない。しかも彼は貧しい両親の子どもではなくて、快適な環境で育ったのだった。そもそも貧しい人々の子どもというのはやりくりしたり節約したりする方法を知らず、いつも手許にあるものをすべて使ってしまって、とっておくことができないものだ。

エミール・ルツィウスは自分のシステムを物の所有や手に入る品物だけに応用するのではなく、知の王国においても自分にできる範囲で利益を手に入れようとした。この場合も彼はとてもずるがしこくて、あらゆる知的所有は相対的な価値しか持たないということをけっして忘れなかった。というわけで彼は本当の勤勉さを、それを勉強しておけば後々の試験で収穫があるような科目にのみ向け、それ以外の科目ではつつましく、平凡な成績で満足していた。学習もその成果も、彼は常に同級生たちの成績を基準にして計っていた。半分の知識で一番になる方が、二倍の知識で二番になるよりも、彼にはずっと好ましいのだった。そういうわけで同級生たちは、夜、自分たちがさまざまな時間つぶしやゲームや読書に興じているときに、彼が静かに勉強しているのを目にするのだった。他人が立てる騒音も彼の邪魔をすることにはならなかった。それどころか彼はときおり、嫉妬の混じらない満足そうなまなざしを、他人に向けるのだった。なぜなら、もし他のみんなも勉強していたとしたら、彼の努力は意味がなくなってしまうだろうから。

勤勉な努力家のこうしたずるがしこさや小細工を悪く取る者はいなかった。しかし、大げさな人間や利益を気にし過ぎる人がそうであるように、彼もまもなく愚かなことに足を踏み入れてしまった。神学校での授業がすべて無料であったため、ルツィウスはこれを利用してヴァイオリンの授業を受けることを思いついたのだ。すでに多少の素養があったとか、耳がいいとか才能があるとか、あるいは音楽を演奏する喜びがあったというわけではない！　彼は、ヴァイオリンなんてラテン語や数学のように習えると考えたのだった。彼が聞いたところでは音楽は後々の人生で役に立つそうだし、演奏ができれば人に愛され、感じよく思われるということだった。そして、いずれにせよこの授業にはお金がかからなかった。というのも、神学校は学校のヴァイオリンも貸し出してくれたからだ。

ルツィウスがやってきてヴァイオリンの授業を受けたいと申し出たとき、音楽教師のハースは髪の毛が逆立った。彼は歌の授業でルツィウスを知っており、授業中のルツィウスの歌は他の生徒たちを大喜びさせたが、教師である彼はその歌を聞いて絶望に陥ったからだ。彼は何とか少年にヴァイオリンをあきらめさせようとしたが、相手は説得に応じるような人間ではなかった。ルツィウスは上品に謙虚にほほえんでいたが、自分には授業を受ける権利があるのだし、音楽を学びたいという気持ちも変えることはできない、と宣言した。そういうわけでルツィウスは学校にある練習用のヴァイオリンのなかで一番ひどいのを渡され、毎週二回ずつレッスンを受け、毎日三十分練習した。しかし、最初の練習の後でルームメートたちは、練習はこれっきりにしてくれと主張し、救いようのないヴァイオリンのうめき声を禁止してしまった。それ以来、ルツィウスは練習に適した静かな片隅を求めてせわしなく神学校内を歩き回り、その場所からはひっかくような、きしむような、すすり泣くような奇妙な音が沸き起こってきて、近くにいる人々を不安がらせるのだった。それはまるで、苦しめられた古いヴァイオリンがあらゆる虫刺されに絶望して癒しを求めているかのようだ、と詩人のハイルナーは評した。何の進歩も見られなかったので、苦々しい気分の音楽教師はイライラして投げやりになり、ルツィウスはますます必死で練習し、これまでの自己満足的な小商人《こあきんど》の顔には、苦しそうな心配の皺が刻まれた。それはまったくの悲劇だった。というのも最後に教師がルツィウスをまったく才能がないと決め付け、それ以上のレッスンを続けることを拒んだとき、混乱した学習希望者ルツィウスはピアノを選び、それによってまた長い実りのない数か月間の苦しみを味わい、しまいには意気消沈して無言であきらめたのだった。その後何年も経って、音楽が話題になるたびに、ルツィウスは自分もかつてピアノやヴァイオリンをたしなんでいたのだが、事情があってこれらの美しい芸術から徐々に離れなければならなかったのだ、と匂わせた。

こうしてヘラスの部屋ではしょっちゅう、おかしな住人のことでおもしろがる機会があった。というのも美しい知性の持ち主ハイルナーでさえ、ときおり滑稽な場面を演じたからだ。カール・ハーメルは皮肉屋でウィットに富んだ観察者を演じた。彼は他の者より一歳年長で、そのことが彼に一種の優越性を与えていた。しかし彼はそのことで人の注意を集めようとはしなかった。彼は気分屋で、一週間ごとに殴り合いをして自分の体力を試そうとしていたが、そういうときの彼は乱暴で、ほとんど残酷でさえあった。

ハンス・ギーベンラートはハーメルを驚嘆して眺め、彼自身は善良だが穏やかな同級生として、自分の静かな道を歩んでいった。ハンスは勤勉で、ほとんどルツィウスと肩を並べるくらいだった。そうして同室の仲間たちの尊敬を集めていたが、ハイルナーだけは別だった。天才的な軽率さを旗印に掲げたハイルナーは、ときおりハンスのことをガリ勉と呼んで嘲った。全体において、急速な成長期にあるこの大勢の少年たちは、寮内での夜ごとの取っ組み合いが珍しくなかったにもかかわらず、互いにうまく折り合っていくことができた。少年たちは一生懸命、自分を大人だと思おうとしていて、教師から「あなた」と呼びかけられるのにまだ慣れてはいなかったが、学問的な真剣さと立派な態度によってそれに価する者になろうとしていた。そしてちょうど卒業してきたばかりのラテン語学校を、大学生になったばかりの人間がギムナジウムを振り返るときのような高慢さと同情を持って振り返っていた。だがときおり、そうしたわざとらしい威厳の隙間から混じりけのない少年っぽさが顔をのぞかせ、自己主張しようとした。そうすると寮内にはにぎやかな物音や、たっぷり嫌味のきいた罵声が響き渡るのだった。

そのような施設の指導者や教師にとって、一緒になった最初の何週間かの後、進行する化学反応のように少年たちの群れが形成されていくのを見るのは、刺激的でもあり興味深いことでもあっただろう。群れのなかには揺れ動く雲や綿くずのような塊ができ、再び解消し、また別の塊になる、という過程がしっかりとした形ができるまでくりかえされるのである。最初の恥じらいを克服し、みんなが充分に知り合った後で、人間の渦や探索のうねりが起き、グループができあがり、友情や反感が明るみに出る。同郷のものや以前の同級生が一緒になることは少なくて、たいていの少年たちは新しい知人の方に向き、都会の出身者は農家の息子と、アルプ地方のものは低地出身者と、多様性と補完性へのひそかな衝動によって近づきになった。彼らはためらいながらお互いに手探りしあい、平等の意識と並んで、自分だけは特別でありたいという欲求が芽生えもして、多くの少年たちのなかにはその際、初めて人格形成の萌芽とも呼べそうなものが子ども時代のまどろみのなかから目覚めてきた。言葉にできないほどのちょっとした愛着や嫉妬の場面が演じられ、友情の締結に発展したり、はっきりと反抗的な敵対関係になったりした。そしてそれぞれが、優しい関係や友人同士の散歩になったり、激しい取っ組み合いや殴り合いの喧嘩に至るのだった。

ハンスは表面上はこの動きに参加しなかった。カール・ハーメルがはっきりと熱烈にハンスへの友情を申し出てくれたが、ハンスは驚いてしり込みしてしまった。ハーメルはその後すぐにスパルタの住人の一人と友情を結んだので、ハンスは取り残された。ある強い感情が、幸せそうな、憧れの色に染まった友情の国を地平線に示し、静かな衝動とともにハンスをそちらに引っ張っていった。しかし、内気さが彼を引き止めた。母親不在のまま厳しく育てられた少年の年月のあいだに、誰かに甘えるという才能が彼のなかで退化してしまっていた。それに、見るからに熱狂的な人間に対して、彼は恐怖を覚えるようになっていた。それに加えて、彼には少年らしい誇りと、結局は奇妙な自尊心もあった。彼はルツィウスと違って本当に知識を求めていたのだったが、ルツィウスと同様、勉強から気を逸らすものをすべて遠ざけようとしていた。そうやってハンスは熱心に机にしがみついていたが、他の人々が友情を楽しんでいる様子を見て羨んだり憧れたりもしていたのだった。カール・ハーメルは友人として正しい相手ではなかったが、もし別の誰かが来て強く誘ってくれたなら、彼は喜んでついていっただろう。まるで内気な少女のように、ハンスは座して、誰かが迎えに来てくれるのを待っていた。自分よりも強くて大胆な誰かが、自分を引っさらい、無理やり幸せにしてくれるのを。

こうしたできごとの他に授業、なかでもヘブライ語に関してやることがたくさんあったので、少年たちにとって最初の時間は非常に速く過ぎていった。マウルブロンを取り囲むたくさんの小さな湖や池には、青白い晩秋の空や枯れつつあるトネリコ、白樺や樫の木、長い夕暮れなどが映っていた。美しい森のなかを、うめき声を上げ、小躍りしながら、冬の前の木枯らしが吹き抜けていった。そしてもう何度か、うっすらと霜が降りていた。

詩人のヘルマン・ハイルナーは自分と同等の友人を得ようとして果たせなかったので、いまでは外出時間に一人で森を歩き回っていた。彼は特に森のなかの湖が好きだった。メランコリックな茶色い沼地で、葦の茂みに囲まれ、古い枯れ葉をつけた木々が水面にせり出していた。悲しげで美しい森のその一角は、夢想家を強く引きつけるのだった。ここでなら彼は夢見るように小枝で静かな水のなかに円を描くこともできたし、レーナウ[7]の葦の詩を読んだり、丈の低いハマイグサのなかに横になりながら、死や過ぎゆくものについて秋らしく思い巡らすこともできた。そのあいだに木々の葉は散り敷き、葉の落ちた梢が鳴る音は、そうした思考の気難しげな伴奏となっていた。それから彼はしばしば、ポケットから黒い小さなノートを取り出し、鉛筆で詩を一編か二編書きつけるのだった。

ハイルナーは十月下旬の薄暗い昼休みにもそうして過ごしていたが、ちょうどそのときハンス・ギーベンラートが一人で散歩しながら同じ場所にやってきた。ハンスは少年詩人が板張りの船着場の、船を置くための小さなスロープに座っているのを見た。膝には小さなノートを載せ、先を尖らせた鉛筆を考え込むように口にくわえていた。脇には一冊の本が開いたまま置いてあった。ハンスはゆっくりと彼に近づいていった。

「こんにちは、ハイルナー。何をしているんだい？」

「ホメロスを読んでるんだ。それできみは、ギーベンラート？」

「信じられないな。きみがやってることはぼくにはわかってるんだ」

「そうかい？」

「もちろんだよ。詩を書いていたんだろう」

「そう思う？」

「当然さ」

「そこに座りなよ！」

ギーベンラートはハイルナーの隣で板の上に座り、両足を水の上でぶらぶらさせた。そして、あちらこちらで茶色の葉が一枚また一枚と静かで冷たい空気のなかを舞い落ちていき、音もさせずに褐色の水面に落ちるのを眺めていた。

「ここは寂しい場所だね」とハンスは言った。

「そう、そうなんだ」

二人は仰向けになって長々と寝そべったので、周囲の秋らしい風景のなかで、二、三本の木の梢が見えるだけになった。その代わり、穏やかに流れる雲の島を浮かべた薄青色の空が眼前に広がった。

「なんてきれいな雲なんだろう！」心地よく見上げながらハンスは言った。

「そうだね、ギーベンラート」ハイルナーはため息をついた。「自分がこんな雲でい

7　ニコラウス・レーナウ、オーストリアの叙情詩人。

られたらなあ！」

「だったらどうなんだい？」

「そうしたらぼくたちはヨットのように空を進んでいくのさ。森も村も役所も国も越えて、美しい船のようにね。ちゃんとした船を見たことある？」

「ううん、ハイルナー。きみは？」

「あるとも。でも、やれやれ、きみはそういったことはわかりそうにないよね。勉強や努力やガリ勉ができる人だからね」

「つまりぼくをバカだと思ってるんだね？」

「そんなことは言ってないよ」

「ぼくはきみが思ってるほど愚か者じゃないよ。でもそれはいいから船の話を聞かせてよ」

ハイルナーは寝返りを打ったが、もう少しで水に落ちるところだった。いまでは腹ばいになって、地面に肘をつき、両手の上に顎《あご》を載せていた。

「ライン川で」と彼は話を続けた。「夏休みに大きな船を見たんだ。日曜日で、夜、船の上で音楽が演奏され、色とりどりの提灯も飾られていた。光が水面に映っていた。

ぼくたちは船に乗って、音楽とともに上流に上っていったんだよ。大人はライン地方産のワインを飲んでいたし、娘たちは白いドレスを着ていた」

ハンスは耳を傾け、何も答えなかったが、目を閉じて、夏の夜に音楽を奏で、赤い光と白いドレスを着た娘たちとともに進んでゆく船を思い浮かべた。ハイルナーが言葉を継いだ。「そう、いまとは違っていたよ。ここでは誰がそんなこと知ってる？　退屈なことばかり、陰険な奴ばかりだ！　あくせく勉強して、骨身を削って、ヘブライ語のアルファベット以上のことは知らないんだ！　きみだってそうだろう」

ハンスは沈黙した。ハイルナーは変わった人間だ。夢見る人で、詩人だ。ハンスは普段から彼の言動に驚かされていた。誰でも知っていることだが、ハイルナーは実にわずかしか勉強しなかった。それでもたくさんのことを知っており、いい答えを出すすべを心得ており、しかしまたそうした知識を軽蔑してもいるのだった。

「ぼくたちはホメロスを読んでいる」と彼はさらに嘲った。「まるで『オデュッセイア』が料理の本であるかのように。一回の授業でたった二行。そうやって一語ずつ噛み砕き、気分が悪くなるまで研究するんだ。でも授業の最後にはいつも決まって、『ごらんなさい、詩人がどんなに見事にこの言葉を使っているか。あなたは詩人の創作の秘密をここで目の当たりにしたのですよ！』と言われる。ギリシャ語で窒息しないための、不変化詞や不定過去のまわりのソースであるかのように。こんなやり方じゃ、ぼくにはホメロスのよさがすべて台無しも同然なんだ。そもそも、ぼくたちに古いギリシャ語の作品なんてどんな関係がある？　もしぼくたちの誰かが少しギリシャ的な生き方をしようと試しでもしたら、クラスを追い出されるだろう。それなのにぼくたちの部屋はヘラスなんていうんだ！　これは皮肉だよ！　どうして『紙くずかご』とか『奴隷の檻《おり》』とか『不安の筒』なんていう名前じゃないんだろう？　古典なんてみんなまやかしだよ」

彼は空中に唾を吐いた。

「ねえ、きみはさっき詩を書いていたんだろう？」とハンスは尋ねた。

「そうだよ」

「何について？」

「ここの湖と秋についてだよ」

「見せてよ！」

「ダメだ、まだ完成してないから」

「じゃあ完成したら？」

「ああ、いいよ」

二人は起き上がり、ゆっくりと神学校に戻っていった。

「ほら、あれがどんなに綺麗か、ちゃんと見たことがあるかい？」「パラダイス」の脇を通りかかったときにハイルナーが言った。「広間、アーチ型の窓、回廊、食堂、ゴシック様式やロマネスク様式。すべてが豊かで技巧に富んでいて、芸術作品なんだ。それが誰のために？　牧師になろうとする三ダースばかりの少年のためなんだぜ。国家も無駄をするもんだな」

ハンスはその午後ずっと、ハイルナーについて考えずにはいられなかった。彼はどういう人間なんだろう？　ハンスが持つ心配や望みなど、ハイルナーにとってはまったく存在しないのだった。彼は自分の考えや言葉を持ち、他の生徒よりも熱く自由に生きており、奇妙な悩みを抱き、自分の周囲の人々を軽蔑しているようだった。ハイルナーは古い柱や壁の美しさを理解していた。彼は秘密めいた特別な芸術を追求し、魂を詩に写し取り、空想による独自の擬似人生を作り上げていた。きびきびとし、ものおじせず、一日のあいだにハンスが一年に言うよりも多く冗談を言った。気難しくはあったが、自分の悲しみを、高価で珍しい未知のもののように楽しんでいる様子だった。

その日の晩、ハイルナーは同室の者たちを、奇妙で突飛な性格によって試練にあわせた。同級生の一人、口先ばかりで気の小さいオットー・カップが、彼と喧嘩を始めたのだ。しばらくはハイルナーも穏やかで、冗談を言い、優越した態度を取っていた。しかしそれから相手を平手打ちするほど興奮し、二人はすぐに絡み合って猛烈に取っ組み合い、しぶとく、舵《かじ》をなくした船のように小突きあい、半円を描いて体を震わせながらヘラスの部屋中を、壁際に行ったり椅子を押し倒したりしながら転げまわった。二人とも無言で喘《あえ》ぎ、興奮して泡を吹いていた。同級生たちは批判的な面持ちで立ち、取っ組み合いから身をかわしながら足や机やランプを守り、緊張しながらも愉快な気分で喧嘩が収まるのを待っていた。何分かの後、ハイルナーが苦労しながら起き上がって身をもぎ離し、息をつきながらそこに立ち尽くした。彼は擦り傷だらけで、目は充血し、シャツの襟は裂け、ズボンの膝には穴が開いていた。相手はまたハイルナーに襲いかかろうとしたが、ハイルナーは腕を組んで立ち、高慢に言い放った。

「もうやらないよ——殴りたければ殴るがいいさ」

オットー・カップは悪態をつきながら出て行った。ハイルナーは自分の机にもたれ、ランプの向きを変え、両手をズボンのポケットに突っ込んだまま、何か考えているように見えた。突然彼の目から涙が溢れ、あとからあとから流れ出した。前代未聞のことだった。というのも、泣くなんてことは疑いなく神学生にとってもっとも不名誉なことだったからだ。それなのに彼はそれを隠そうともしなかった。部屋を立ち去りもせず、静かにそこに立って青ざめた顔をランプに向けたままだった。涙を拭いもせず、両手をポケットから出しもしない。他の生徒たちは彼の周りに立って、好奇心むき出しに意地悪く眺めていたが、とうとうハルトナーが彼の前に進み出て言った。

「ハイルナー、きみは恥ずかしくないのか?」

泣いていた少年は、深い眠りから覚めた人のようにゆっくりと辺りを見回した。

「恥じるだって……きみたちに対して?」と彼は大きな声で見下すように言った。

「とんでもない、ご友人」

彼は顔を拭うと、腹立たしそうにほほえみ、ランプを消して部屋から出て行った。

ハンス・ギーベンラートはそのあいだじゅうずっと、自分の席に座って驚きおびえつつ、ハイルナーの方をうかがっていた。十五分ぐらい経ってから、姿を消したハイルナーを思い切って探しに行った。彼はハイルナーが暗く寒い宿泊所《ドルメント》で、低いところにある窓台の一つに座ってじっと回廊を見下ろしているのを見つけた。後ろから見ると彼の肩と細くてとがった頭は妙に厳粛《げんしゅく》な感じで、子どもらしさがなかった。ハンスが歩み寄って窓のところに立ち止まっても、彼は何も言わなかった。しばらく経ってからようやく、顔をこちらに向けずにしゃがれた声で尋ねた。

「どうしたんだ？」

「ぼくだよ」ハンスはおずおずと言った。

「何がしたいんだ？」

「何も」

「そうかい。じゃあ、またあっちに行くがいいさ」

ハンスは傷つき、本当に立ち去ろうとした。するとハイルナーが彼を引き止めた。

「待てよ」と彼はわざと冗談めかした口調で言った。「そういうつもりじゃなかったんだ」

二人は互いに見つめあい、おそらくはこの瞬間に初めて相手の顔を真剣に眺めて、その少年らしいすべすべした顔の背後に独自の個性を備えた特別な人間の生が潜んでおり、それぞれ特徴のある特別な魂が宿っているのだ、と想像しようとしていた。

　ゆっくりとヘルマン・ハイルナーは腕を伸ばし、ハンスの肩をつかんで自分の方に引き寄せたので、二人の顔はすぐ間近になった。それからハンスは不思議な衝撃とともに、相手の唇が自分の口に触れるのを感じた。

　ハンスの心臓はこれまでに感じたことのない息苦しさとともに高鳴った。暗い宿泊所に一緒にいて突然キスするなどということは、どこか冒険的な新しいこと、ひょっとしたら危ないことだった。こんな様子を見られたらどんなに恐ろしいか、という思いが浮かんだ。このキスは、他の生徒たちから見れば、さっきの涙よりもずっと滑稽で恥さらしだという確信があった。ハンスは何も言うことができなかったが、血が激しく頭に上り、できることならそこから走り去りたかった。

　このちょっとした場面を見た大人がいたとしたら、はにかみながら友情を表そうとするぎこちない内気な繊細さと、二人の真剣でほっそりした子どもらしい顔を目にして、静かな喜びを感じたかもしれない。その二人の顔はどちらも可愛らしく前途への希望に満ちていたが、半ば子どもらしい優美さもある一方で、青年期の恥じらいに満ちた美しい反抗心も垣間見せていた。

若者たちは次第に共同生活にも慣れていった。互いを知り、誰に関しても一定の知識とイメージを持つようになり、たくさんの友情が結ばれていった。互いにヘブライ語の語彙を勉強する友人同士がおり、一緒にスケッチしたり散歩に行ったりシラーを読んだりする友人たちがいた。ラテン語は得意だけれど計算は苦手という生徒が、ラテン語が苦手で計算が得意な生徒と仲良くなり、互いの共同学習の成果を発揮していた。交換条件や共有財産といった別の基準に基づいている友人関係もあった。たとえばみんなに羨ましがられたハムの所有者は、シュタムハイム出身の庭師の息子に自分の分身を見出していた。彼は自分の整理箱の底一杯にりんごを入れていたのだ。ハムの所有者は一度、ハムを食べているときに喉が渇いたので、庭師の息子にりんごをねだり、代わりにハムをあげるよと申し出た。一緒に座って慎重に話し合った結果、ハムが無くなったらすぐに補充してもらえること、りんごの所有者の方も来年の春まではずっと、父親が貯蔵したりんごを食べ続けられることが判明した。その結果、堅固な関係ができあがり、それはもっと理想的で熱烈に結ばれた他の同盟関係よりも長続きした。一人きりでいた者はほんのわずかだったが、そのなかには例のルツィウスがいた。芸術への彼の貪欲な愛は、当時まだ最高潮のまま続いていた。

不釣合いな組み合わせは他にもあった。なかでも一番釣り合わないのがヘルマン・ハイルナーとハンス・ギーベンラートだと思われていた。軽率な人間と良心的な人間、詩人とガリ勉。二人はもっとも賢くて才能ある生徒に数えられていたが、ハイルナーが半ば嘲笑的に天才と呼ばれる一方で、ハンスの方は優等生の誉れが高かった。しかし他の生徒たちはこの二人をほとんど煩わせなかった。それぞれが自分たちの友情にかかずらっていて、友人同士で過ごそうとしていたからだ。

しかしこの個人的な関心や体験に比べて、学校の占める割合が少ないわけではなかった。学校はむしろ大きな法則やリズムを成し、ルツィウスの音楽、ハイルナーの詩と並んで、あらゆる同盟、交渉、ときどきの殴り合いなどは、ちょっとした変化であり小さな別個のお楽しみであるとみなされて、戯れるようにやり過ごされていった。ヘブライ語にはとりわけ苦労させられた。太古のエホバの奇妙な言語は、もろく枯れ果て、それでいて秘密を抱いて生きている木のように、若者たちの眼前で、節だらけの謎めいた姿で異様に育っていった。枝分かれのすばらしさで人目を引き、不思議に色づいて香りを放つ花によって相手を驚かせながら。その枝や洞や根の部分には太古の霊たちが、あるいはぞっとする姿で、あるいは感じよく、住まわっていた。現実離れした恐ろしい竜や、素朴で可愛らしいメルヒェン。まじめで皺だらけでかさかさした老人の顔の横に、美しい少年や静かな目をした少女、争い好きの女たちが登場する。読みやすいルター訳聖書のなかでは旧約聖書の霧に穏やかに包まれて遠い夢のように響いたものが、ヘブライ語という粗いながら真実な言語のなかでは血と肉声を獲得し、古風で気難しいけれど粘り強くて不気味でもある生命を得る。少なくともハイルナーはそう思っていた。彼はモーセ五書[8]全体にうんざりしつつも、そのなかに他の箇所以上に生命と魂を見出し、すべての語彙を身につけて誤読などはまったくしない他の多くの辛抱強い学習者よりも多くのことをそれらの書物から吸収していた。

　それと並ぶ新約聖書はもっと優美で明るく内面的なことが書かれており、その言語はヘブライ語ほど古くも深くも豊かでもなかったが、もっと洗練されており、若くて熱心で夢見がちな精神に満たされていた。

　そしてホメロスの『オデュッセイア』は、力強く心地よく響き、強く均等に流れる韻文で、まるで水の精のような白く丸みのある腕を、すでに滅亡した明快で幸福な人生に向かって差し伸べていた。力強い輪郭を備えた重々しい筆使いにおいて堅固な実体を感じさせる箇所もあれば、いくつかの言葉や韻文が夢と美しい予感としてのみ輝き出てくる箇所もあった。

その傍らでは歴史家のクセノフォンやリーヴィウスなどは消え失せてしまうか、もっと小さな光として、つつましく、ほとんど輝きもなく存在しているに過ぎなかった。

ハンスはすべてのものが、友人にとっては自分が見るのとは違う姿に見えていることに気づいて驚いた。ハイルナーにとっては抽象的なものはなく、想像できないものや空想の色で染められないものなど何一つ存在しなかった。心に留まらないものは、すべてやる気なく放っておかれた。数学は彼にとってずるがしこい謎を抱いたスフィンクスであり、その冷たく悪意あるまなざしが犠牲者を金縛りにするのだ。ハイルナーは大きな弧を描いてその怪物をよけるのだった。

二人の友情は特別な関係だった。ハイルナーにとって友情は楽しみであり贅沢でもあり、居心地のよさや上機嫌を意味していたが、ハンスにとってはそれはすぐに誇りをもって守るべき宝となると同時に、抱えがたい大きな重荷ともなった。それまでのハンスは夜の時間をすべて勉強に当てていた。しかしいまではほとんど毎日、ヘル

8 旧約聖書の最初の五巻。

マンが勉強に飽きるとハンスのところに来るようになり、ハンスの教科書を取ってしまって、自分の相手をさせるのだった。友人が好きであるにもかかわらず、しまいにはハンスは彼が来ることを思って毎晩震えるようになり、何もおろそかにしないように、必修の勉強時間に通常の二倍も勉強するようになった。もっと具合が悪かったのは、ハイルナーがハンスの勤勉さを理屈でもって非難するようになったことだ。

「そんなの日雇い労働だよ」と彼は言うのだった。「きみはこれらの勉強が好きでもないし自発的にやっているわけでもない。そうじゃなくて先生や両親が怖いだけなんだ。一番や二番になったからってそれがどうなる？　ぼくは二十番だったけど、ガリ勉のきみたちよりバカというわけじゃないよ」

善良なギーベンラートは友人にとっては心地よいおもちゃ、あるいは言葉を換えればペットの猫のように見えたかもしれない。ハンス自身もときおりそう思うのだった。しかしハイルナーは、ハンスが必要だからそばにくっついていたのだ。信頼していろいろ打ち明けることのできる誰か、話を聞いてくれて自分に感嘆してくれる誰かがいなければいけなかったのだ。自分が学校や人生について革命的な演説をしているときに、静かに熱心に耳を傾けてくれる人間が一人必要だった。そしてさらに、自分を慰めてくれる人、感傷的になったとき膝に頭をのせることを許してくれる人が必要なのだった。そのような資質を持つ人にはよくあることだが、この若き詩人も、理由のない、ちょっとなまめかしい憂鬱に駆られることがあった。その原因は一つには子どもらしい魂との静かな決別にあり、もう一つには力や予感や欲望といったものが意味もなく過剰になっていることにもあり、さらにもう一つは性的成熟に伴う理解不能な暗い圧迫感にあった。そして彼は、同情したりちやほやしてほしいという病的な欲求も持っていた。以前の彼はお母さん子だったが、まだ女性を愛するほど成熟していない現段階では、従順な友人が慰め役に回ることになった。

ハイルナーは夜、しばしばひどく不幸な様子でハンスのところにやってきた。そして彼から勉強道具を取り上げ、自分と一緒に宿泊所《ドルメント》に行ってくれと要求するのだった。冷たい広間や天井の高い薄暗い礼拝堂を彼らは並んで行ったり来たりし、凍えながら窓台の一つに腰を掛けたりした。ハイルナーはいかにもハイネを読んでいる叙情的な若者という感じで、自分のさまざまな苦悩に満ちた嘆きを口にし、いささか子どもっぽい悲しみの雲に包まれていた。ハンスにはよく理解できなかったが、それでも彼の様子が印象に残り、ときにはそれが伝染さえした。とりわけ陰鬱な天気のときなど、感じやすい知性は発作に襲われた。晩秋の雨雲が空を暗くし、その背後からどんよりした暈《かさ》や雲の裂け目を通して感傷的な光をたたえた月が軌道をたどる夜分になると、その苦しみや呻きは最高潮に達するのだった。そうなるとハイルナーはオシアン[9]のような気分に浸り、霧のような憂愁を溢れさせて、罪のないハンスの上にため息や雄弁や詩文などを降り注がせるのだった。

　こうした嘆かわしい苦しみの場面に悩まされ気持ちをふさがれて、ハンスは自分に残された時間を慌しい熱心さで勉強に当てるようになったが、勉強はどんどん難しく思えてきた。昔の頭痛がよみがえってきたことにも彼は驚かなかった。しかし、何もせずに疲れていることがますます頻繁になってきたことと、自分をあえて奮い立たせなくては最低限の勉強すらできないということは、彼にとって重大な心配の種となった。変わり者との友情が自分を疲弊させ、自分のなかのこれまで触れられなかった部分を病気にしている、と彼はぼんやり感じていた。しかし友人が暗くなってめそめそすればするほど、彼のことが気の毒になり、友人にとって自分は欠かせない存在だという意識が彼をますます優しく誇らしくしていくのだった。

　それに加えてハンスはおそらく、こうした病的な憂愁は過剰で不健康な衝動の放出であり、自分が忠実に率直に心服しているハイルナーの本質に属することではないのだ、とも感じていた。友人が自分の詩を朗読したり、詩人としての理想について語ったり、シラーやシェイクスピアの戯曲のモノローグを大きな身振りとともに情熱的に披露する様子を見ると、ハンスには友人がまるでハンス自身には欠けている魔法の力で空中を歩き、神のような自由と火のような情熱のなかで活動し、ホメロスが描く天使のように羽がはえた足で、彼や同級生たちの許から飛んでいってしまう気がした。それまでのハンスは詩人の世界についてほとんど知らなかったし、重要だとも思っていなかった。彼はいま初めて、美しく流れる言葉や人の目を欺く光景や心をくすぐる韻文などが持つ、人を惑わす力を感じた。そして自分が新たに見出した世界への尊敬の念は、友人への感嘆の念と分離しがたく、互いに絡み合っていた。

その間に十一月の暗い荒れ模様の日々がやってきた。ランプなしで勉強できる時間はほとんどなくなり、闇夜には嵐が漆黒《しっこく》の高みで大きく回転する雲の山を追っていき、

9　ケルト族の伝説的詩人。アイルランドを舞台にした英雄叙事詩を書いた。

呻いたり争ったりしながら古い堅牢な神学校の建物にぶつかるのだった。木々は完全に葉を落としていたが、木の多いこの土地の風景のなかでも王者のようにどっしりし、節だらけの枝を張った樫の木だけはまだ枯れた葉のついた梢を騒がしくざわめかせ、他のあらゆる木よりも不機嫌だった。ハイルナーはすっかりふさぎこんで、最近ではハンスのそばに座るよりも一人だけ離れた練習室に行ってヴァイオリンを荒々しく弾きまくったり、同級生と喧嘩したりしていた。

ある晩、ハイルナーがまた練習室にやってくると、努力家のルツィウスが譜面台の前で練習していた。ハイルナーは立腹して立ち去り、三十分後に再びやってきた。ところがルツィウスはまだ練習していた。

「もう止めてもいいだろう」とハイルナーは文句を言った。「練習したい人間は他にもいるんだし。お前のきいきいした演奏はどっちみち大迷惑だからな」

ルツィウスが譲ろうとしなかったので、ハイルナーも態度が乱暴になった。ルツィウスが落ち着いてまたヴァイオリンをきいきい鳴らし始めると、ハイルナーは譜面台を蹴飛ばしてひっくり返した。紙が部屋のなかに散らばり、譜面台は演奏していたルツィウスの顔に当たった。ルツィウスは楽譜を拾おうと身を屈めた。

「このことは校長先生に言うからな」彼はきっぱりと言った。「結構さ」とハイルナーは激昂しながら叫んだ。「おまけに犬みたいに蹴飛ばしてやったこともちゃんと伝えるんだな」そう言うとハイルナーはすぐにそれを実行に移そうとした。

ルツィウスは脇に飛びのいて逃げ、ドアに到達した。ハイルナーがすぐ後に続き、廊下やホール、階段や通路を通り、校長の住居がひっそりと上品にたたずんでいる神学校の一番離れた建物にまで、緊迫した追跡がくり広げられた。ハイルナーは逃げるルツィウスを校長の書斎のドアの直前で捉えることができた。そしてルツィウスがすでにドアをノックし、ドアが開いた最後の瞬間に約束の蹴りが入れられ、ルツィウスはもはやドアを閉めることもできずに、爆弾のように指導者の聖なる空間のなかに飛び込んでいった。

これは前代未聞のできごとだった。校長は翌朝、若者の退廃について見事な演説をし、ルツィウスは感じ入ったようなしたり顔で聞いていた。ハイルナーは重い謹慎処分を言い渡された。

「もう何年も前から」と校長はハイルナーに大声で言った。「ここではあんな事件は起こっておらん。あと十年経ってもこのことをきみが思い出すようにしてやろう。他の生徒にはハイルナーが戒めの例となるようにしよう」

新入生一同はおずおずとハイルナーの方を盗み見ていたが、ハイルナーは青ざめて反抗的にそこに立ち、校長の視線を避けようともしなかった。多くの生徒が心のなかで彼に感心したが、説教が終わってみんなが騒がしく通路を満たしたとき、ハイルナーは一人ぼっちで、伝染病患者のように避けられていた。いま彼の味方をするには勇気が必要だった。

ハンス・ギーベンラートもハイルナーのそばに行かなかった。行ってあげるのが義務かもしれないと感じ、自分の臆病な感情に苦しんではいた。恥じ入って不幸な気分で彼は窓に体を押し付け、目を上げようとしなかった。友人を探しに行きたい気持ちが彼を駆り立てた。気づかれずに探しに行くことができるのなら、喜んで多くの代償を差し出しただろう。しかし、重い謹慎処分を受けた者は、神学校では烙印を押されたも同然だった。彼がこれからは特に監視の対象になることはわかっており、そんな人間と付き合うのは危険でもあり評判を落とすことにもなるからだ。国家が神学校で養成される生徒たちに与える恩恵には、厳しくてきついしつけが伴わざるを得ないということは、入学式の際の大演説でも言われていた。ハンスにもそれはわかっていた。そして彼は友人としての義務と名誉心との闘いに敗れてしまったのだ。彼の理想は前進すること、有名な試験に受かって重要な役割を果たすことだったが、それはけっしてロマンティックな役割や危険な役割ではなかった。そのため彼は、不安げに自分の場所にとどまり続けた。まだいまなら歩み出し、勇敢さを示すことができたかもしれないが、一瞬一瞬それは難しくなっていった。そして彼が予感する前に、裏切りはすでに現実となっていた。

ハイルナーはそのことに気がついた。情熱的なこの少年は、みんなが自分を避けるのを感じ、それを理解していたが、ハンスのことだけは信頼していた。いま感じている苦しみや憤りに比べたら、以前感じていた中身のない嘆きは空っぽで滑稽なものに思えた。彼は一瞬ギーベンラートの隣に立ち止った。顔は青ざめていたが高慢な様子でハイルナーは小声で言った。

「きみはつまらない臆病者だよ、ギーベンラート……こんちくしょう！」そう言ってから、小さく口笛を吹きつつ、両手をズボンのポケットに入れて彼は立ち去った。

若い人々には他にも考えなければいけないことややらなくてはいけないことがある

というのはいいことだった。あの事件の数日後には突然雪が降り、その後はよく晴れて冷え冷えとした冬の気候になった。雪合戦をしたりスケートをすることができた。そしてみんな突然、クリスマスと休暇がすぐそこに迫っていることに気づき、その話を始めたのだった。ハイルナーにはあまり注意が払われなくなった。彼は静かに反抗的に、まっすぐに顔を上げ、高慢な表情で歩き回っていた。誰とも話さず、しばしば詩をノートに書き付けていたが、そのノートは蠟《ろう》引きの黒い布でカバーしてあり、「ある修道士の歌」という表題がつけられていた。

　樫の木やハンノキ、ブナや柳には、霜や凍った雪が優しい幻想的な形を作ってぶら下がっていた。寒い日には沼地に透明な氷が張り、きしきしと音を立てていた。回廊に囲まれた中庭は静かな大理石の庭のように見えた。陽気なお祭り気分の興奮が部屋から部屋へ広がっていき、クリスマスを待ち受ける喜びは、落ち着いた立派な二人の教官たちにも、少しばかりの穏やかさとわくわくした気分を与えていた。クリスマスなんてどうでもいいと思っている人間は教師にも生徒にも一人もいなかった。ハイルナーでさえ前ほど不機嫌ではなくなり、それほど惨めな様子でもなくなった。ルツィウスは休暇にどの本とどの靴を持っていこうかと考えていた。家から届く手紙には、すばらしい、思わせぶりな事柄が書かれていた。欲しいものは何かとか、ケーキを焼くのは何日だとか、お楽しみが待っているとか、再会の喜びとか。

休暇で家に戻る旅行の前に、生徒たち、特にヘラスの部屋の面々はもう一つの小さなエピソードを体験した。教師たちを夜のクリスマスパーティーに招待することが決まり、一番大きな部屋であるヘラスがその会場となったのだ。スピーチと二つの朗読、フルートのソロ演奏とヴァイオリン二重奏が予定されていた。しかしもう一つ、ユーモアのある演目をプログラムに加えることになった。あれこれ相談や交渉が行われ、提案もなされたが、意見は一致しなかった。するとカール・ハーメルがふと、一番おもしろいのはエミール・ルツィウスのヴァイオリン演奏なんだけどな、と言った。それが通った。あれこれ頼んだり約束したり脅したりした末に、不幸な演奏家から承諾を得ることができた。教師たちに送られた丁寧な招待状には、いまや特別番組として「きよしこの夜、ヴァイオリン曲、演奏はエミール・ルツィウス、宮廷演奏家」と書かれていた。最後につけられた称号は、例の離れた練習室での熱心な練習の結果与えられたものだった。

校長、教官、補教師、音楽教師、上級助手たちが招待され、パーティーに出席した。

ルツィウスが髪を整え、服にもアイロンを掛けて、ハルトナーから借りた黒い燕尾服を着て柔らかで謙虚な微笑を浮かべて登場すると、音楽教師は額に汗を浮かべた。彼のお辞儀がすでに、陽気な気分をあおるように作用した。「きよしこの夜」という曲が彼の指のもとでは心をわしづかみにする嘆きの歌になり、呻きと痛みに満ちた苦しみの曲となった。彼は一度弾き直しをし、メロディーを引き裂いて叩き割り、拍子を足で踏みにじり、厳しい寒さのなかで働く森林労働者のようにがんばった。

校長は音楽教師に向かって愉快そうにうなずいたが、音楽教師の方は憤激のあまり青ざめていた。

その曲を三度目にやり直して弾き始め、またしても途中で止まってしまったとき、ルツィウスはヴァイオリンを下ろし、聴衆に向かって詫びながら言った。「できません。でもぼくはこの秋からヴァイオリンをやり始めたばかりなんです」

「結構だよ、ルツィウス」校長が呼びかけた。「きみの努力に感謝します。これからも練習を積んでくれたまえ。練習は名人を作る、だよ!」

十二月二十四日には、朝の三時からもう寝室で動きや物音が起こった。窓には見事な花びらをつけた氷の結晶が厚い層になってくっついていた。洗面用の水は凍り、神学校の中庭には切るように鋭い寒風が吹きすさんでいたが、気に留める者はいなかった。食堂ではコーヒーが入った大きな容器から湯気が上がっていた。まもなく、コートや布で身を包み黒っぽい群れとなった生徒たちが、うっすらと輝く白い野を越え、静まり返った森を通って、遠くの鉄道の駅目指して歩いていった。みんなおしゃべりしたり、冗談を言ったり大声で笑ったりしていたが、そうしながらも口には出さない願いや喜びや期待で一杯になっていた。州の各地にある町や村や寂しい農家のクリスマス用に飾られた暖かい部屋で、両親や兄弟姉妹が自分を待っているのをみな知っていた。たいていの者にとってこれは遠方から故郷に戻る最初のクリスマスであり、自分が愛と誇りをもって待たれていることをほとんどが承知していた。

雪が積もった森の真ん中にある小さな鉄道の駅で、生徒たちはひどい寒さのなか列車を待っていた。こんなに気が合って、仲良く愉快に一緒にいられたことはこれまでになかった。ハイルナーだけが一人で黙っており、列車が到着したときにも同級生たちが乗り込むのを待ってから一人で別の車両に行ってしまった。次の駅で乗り換えるとき、ハンスはもう一度彼を見かけた。しかしふと心に浮かんできた恥ずかしさや後悔の念は、すぐにまた帰郷の旅の興奮と喜びで消え去ってしまった。

家では父がニコニコと満足そうにしており、プレゼントが山ほど載ったテーブルがハンスを待っていた。ギーベンラート家ではちゃんとしたクリスマスのお祝いは行われなかった。歌も歌わなかったし、祝い事の感動もなかった。母もいなかったし、クリスマスツリーもなかった。ギーベンラート氏には祝祭日を祝う方法がわからなかったのだ。しかし息子のことは誇りに思っており、今回は贈り物を節約するようなことはなかった。そしてハンスもこうした祝い方に慣れていたので、何かが足りなくて寂しいとは思わなかった。

人々はハンスが貧相になり、やせすぎで顔色も悪いと感じて、神学校では食事の量がそんなに少ないのか、と尋ねた。ハンスは一生懸命それを否定し、自分は元気だけれど、ただしょっちゅう頭が痛くなるのだ、と言った。それについては自分も若いころ頭痛に悩まされたという牧師が彼を慰め、それによってすべてが丸く収まった。

川は凍りついてピカピカ光っており、休みの日にはスケートをする人々で混み合っていた。ハンスはほとんど一日中出かけていた。新しいスーツを着、神学校の緑の帽子を頭にのせ、自分のかつての同級生たちよりもずっと高いところに属する、人から羨まれる世界にふさわしく成長して。

第4章

神学校の各学年からは経験上、四年間の課程のあいだに一人もしくは数人がやめていくのが通例だった。あるときには生徒が亡くなって讃美歌に送られて埋葬されたり、遺体が友人たちに付き添われて故郷に運ばれたりした。あるときには無理やり自分からやめていく生徒がおり、特別重い罪を犯してやめさせられる場合もあった。ときたま途方にくれた少年がピストルで自殺したり、水に飛び込んだりすることで、若さゆえの悩みに手っ取り早く暗い解決を見出そうとすることもあったが、それは稀なケースであり上級生に限られていた。

ハンス・ギーベンラートの学年からも何人かの生徒が失われる運命にあり、奇妙な偶然から、それはすべてヘラスの住人であった。

ヘラスの住人には一人の控えめな金髪の若者がおり、名前はヒンディンガーだったがみんなからはヒンドゥーと呼ばれていた。アルゴイにある少数民族居住区の仕立て屋の息子だった。彼は静かな人間で、席を外すことでほんの少し自己主張する程度だったが、それも稀だった。節約家の宮廷演奏家ルツィウスとは机が隣だったせいもあって、他の生徒よりいくらか親しく、控えめながら交際をしていたが、それ以外に友人はいなかった。彼がいなくなって初めてヘラスの人々は、文句の少ない善良な隣人であり、しばしば興奮しがちな部屋の生活のなかで一つの安息地であった彼を、自分たちが好いていたことに気がついたのだった。

彼は一月のある日、スケートに行く生徒たちに加わって、ロスヴァイラーまで出かけた。スケート靴を持っていなかったので、ただ見ているだけのつもりだった。しかしすぐに寒くなってきたので、岸辺で体を温めるために足踏みをしていた。それから走り始め、野原で道に迷い、小さな湖の方に行ってしまったが、そこは水源が温かく強く吹き出しているためにそれほど凍っていなかった。そして葦原を通りながら氷の上に乗ってしまったのだ。小柄で体重も軽かったが、岸に近いその場所で氷が割れ、彼はもがきながらしばらく叫び声を上げていた。しかし、やがて誰にも気づかれないまま暗く冷たい水のなかに沈んでいった。

午後の最初の授業が二時に始まったとき、彼の姿が見えないことにみんながようやく気づいた。

「ヒンディンガーはどこだ?」と補教師が尋ねた。

誰も答えなかった。

「ヘラスを見てきたまえ!」

しかし部屋には彼の姿はなかった。

「遅刻なのだろう。彼がいなくても始めてしまおう。七十四ページの第七行だったね。しかし、こういうことがもう起こらないようにしてほしいな。授業には時間通り出席するように」

三時になり、ヒンディンガーが相変わらず現れなかったとき、教師も心配し始め、校長に連絡した。校長はすぐに自ら大教室にやってきて、重要な質問をし、それから助手と補教師の付き添いのもとで十人の生徒を捜索に行かせた。教室に残った者には書き取りの問題が口述された。

四時になって補教師がノックもせずに教室に入ってきた。彼は校長に囁き声で報告した。

「静粛に!」と校長は命じ、生徒たちは身動きもせずにベンチに座って、息をのんで校長を見つめていた。

「きみたちの同級生ヒンディンガーは」と校長は声を低くして続けた。「湖の一つで溺れたらしい。きみたちにも捜索を手伝ってもらわなければいけない。マイヤー先生がきみたちを連れていくだろう。先生の言われた時間や言葉を守ってついていくように。絶対に勝手に歩き回ってはいけない」

ショックを受け、囁きあいながら、生徒たちは教師を先頭に出発した。町からも何人かの男性たちがロープやはしご、棒などを持って、急ぎ足の行進に加わった。ひどく寒い日で、太陽はもう森の端に沈みかけていた。

小さく硬くなった少年の遺体がようやく見つかり、雪が積もったむしろに巻かれて担架に載せられたときには、とっぷりと日が暮れていた。神学校の生徒たちはおじけづいた鳥のように不安そうにその周りに立ち、遺体を見つめて、青くかじかんだ自分たちの指をこすり合わせていた。そして、溺死した同級生が運び出され、そのあとについて黙りこくって雪の野を歩き出したとき、彼らの重苦しい魂は突然恐怖に襲われ、鹿が敵を感知するように死の恐ろしさを悟ったのだった。

寒さに凍えながら嘆きつつ歩く一群のなかで、ハンス・ギーベンラートはたまたま、かつての友人ハイルナーの横を歩いていた。二人とも野原の平らでない場所で同じようにつまずき、自分たちが隣り合っていることに同時に気がついた。死を目撃して圧倒され、その瞬間、あらゆる利己心の空しさを悟ったのかもしれないが、いずれにせよハンスは友人の青白い顔を思いがけず間近に見て、説明できない深い痛みを感じ、突然体を動かしてハイルナーの手を握った。しかしハイルナーは嫌そうに手を引き抜き、侮辱されたかのように脇を向くと、すぐに場所を変え、一行の最後尾に姿を消してしまったのだった。

優等生ハンスの胸は痛みと恥辱に打ち震え、凍った野原をよろめきつつ歩いていくあいだ、凍えて青くなった頬に涙が次々とこぼれ落ちるのを止めることができなかった。忘れ去ることや後悔によって償うことのできない罪や怠慢があるのだとハンスは悟った。そして、前を運ばれていく担架に載せられているのが、仕立て屋の小さな息子ではなく友人のハイルナーであり、自分の不実に対する苦痛と怒りをあの世に持っていくかのように思えた。そこでは成績や試験や成功などは問題ではなく、心が清らかであるか汚れているかですべてが測られるのだ。

その間に一行は幹線道路に出て、まもなく神学校に到着した。そこでは校長を先頭に教師全員がヒンディンガーを出迎えたが、ヒンディンガーはもし生きていたらこんな名誉について考えるだけでも逃げ出してしまっただろう。教師たちは死んだ生徒を、生きている生徒とはまったく違う目で眺めるものだ。いつもならしばしば何気なく若者たちに罪を着せてしまうのだけれど、死んだ者を目にしたその瞬間には、どんな生命にも若さにも価値があり、それを再び取り戻すことはできないという確信にとらえられるのだ。

その夜と翌日は、目立たない死体の存在が魔法のように作用して、あらゆる行いや発言を和らげ、穏やかにヴェールを掛けた。そのために、短いあいだではあったが、喧嘩や怒り、大騒ぎや笑い声などが影を潜め、それはまるで水の精がしばらくのあいだ水面から姿を消し、動きも生き物の気配もないように思わせてしまうのと似ていた。生徒たちが二人して溺れた者の話をするときには、彼の名前をきちんと発音した。というのも、死人に対してヒンドゥーというあだ名を使うことは敬意を欠くように思われたからだ。そして、これまでは人目につかず、名前を呼ばれることもなく大勢のなかに埋没していた静かなヒンドゥーが、いまや広い神学校全体を彼の名前と死によって満たしていた。

二日目にヒンディンガーの父が到着した。子どもが安置されている部屋で数時間を過ごし、それから校長にお茶に招かれ、「ヒルシュ」という部屋に泊まった。

それから埋葬が行われた。寮の宿泊所に棺が置かれ、アルゴイの仕立て屋である父がその脇に立って、すべてを見つめていた。彼はまさに仕立て屋らしい風貌だった。ひどくやせてとがった体つきで、緑がかった黒いフロックコートを着、幅の狭い貧相なズボンをはいて、手には一兵卒時代の古ぼけた儀式用の帽子を持っていた。小さく細い顔は物憂げで悲しそうに見え、風のなかのろうそくの光のように弱々しかった。ずっと困惑した様子ながら、校長や教師たちには最大の敬意を払っていた。

担ぎ手たちが棺を持ち上げようとする最後の瞬間、悲しげな小男はもう一度前に歩み出て、情愛を込めながら困ったような恥ずかしそうなしぐさで棺の蓋に触れた。それから涙を抑えようと闘いつつ、どうしようもなく立ち尽くした。大きくて静かな部屋のなかに冬の枯木のように一人打ちひしがれて立ち、苦しみを顕《あら》わにしていた。牧師が彼の手を取り、傍らに立ち止まった。すると彼は見事に湾曲したシルクハットを頭にのせ、棺について先頭を歩き始めた。階段を下り、神学校の庭を通り過ぎ、古い門をくぐって雪の積もった土地を越え、教会の墓地の低い塀に向かって。神学生たちは墓地の傍らでコラールを合唱したが、たいていの生徒は指揮する手を見ず、寂しそうに風に吹かれている小さな仕立て屋を見ていたので、指揮をする音楽教師がいまいましく思うほどだった。仕立て屋は悲しそうに凍えながら雪のなかに立ち、頭を垂れて牧師や校長や総代の話を聞き、歌っている生徒たちに向かってぼんやりとうなずき、ときおり左手で上着の裾にしのばせてあるハンカチを探っていたが、それを取り出すことはなかった。

「あの人の代わりにぼくのパパがあそこに立っていたらどうだったろう、と想像せずにはいられなかったよ」と後になってオットー・ハルトナーが言った。するとみんながうなずきあった。「そう、ぼくもまったく同じことを考えたよ」

埋葬の後、校長がヒンディンガーの父親と一緒にヘラスにやってきた。「きみたちのうちの誰かで、亡くなったヒンディンガーと特別に親しかった者はいるかね？」校長は部屋のなかに向かって尋ねた。最初は誰も名乗り出ず、ヒンドゥーの父親は不安そうに哀れっぽく若者たちの顔を眺めていた。するとルツィウスが進み出、ヒンディンガーの父親は彼の手を取り、しばらくのあいだしっかりと握っていたが、何を言っていいかわからず、謙虚にうなずくと、すぐにまた部屋を出て行った。彼はそれから出発し、明るい雪景色のなかをたっぷり一日かけて移動した後で家に帰り着いた。そして妻に、自分たちのカールがどんなささやかな場所に眠っているかを話して聞かせたのだった。

神学校では、呪縛はまもなく解けた。教師はまた冗談を言うようになり、生徒たちのドアの閉め方も再び乱暴になった。いなくなったヘラスの住人のことはみなあまり考えなくなった。何人かはあの悲しい沼地で長いこと立っていたために風邪を引き、病室で寝ていたり、フェルトのスリッパを履き、首に湿布を巻いて歩き回っていた。ハンス・ギーベンラートは首にも足にも何もつける必要はなかったが、あの不幸があった日以来、前よりもまじめになり、年をとったように見えた。彼のなかの何かが変わっていた。少年が若者になり、魂は別の国に移されて、そこで不安げに落ち着かず飛び回り、まだどこにも休息所を見出すことができないのだった。それに関しては善良なヒンドゥーの死から受けた衝撃や悲しみが作用していたわけではなく、突然目覚めたハイルナーへの罪の意識が原因だった。

ハイルナーはといえば他の二人の生徒と一緒に病室で横になっており、熱いお茶を飲まされていた。彼には、ヒンディンガーの死に際して受けた印象を整理し、後の詩作の材料として準備する時間があった。しかし、それには気が乗らない様子で、むしろ惨めに苦しんでいるように見え、病室の同級生ともほとんど言葉を交わさなかった。謹慎処分以来強いられるようになった孤独は、ハイルナーの感じやすく社交的な気質を傷つけ、苦々しくさせていた。教師たちは彼を、不満げな革命分子として厳しく監督していた。生徒たちは彼を避け、助手は嘲笑を含んだ温厚さで彼に応対し、彼の友人であるシェイクスピアやシラーやレーナウは、彼を抑圧し屈辱を与えている周りの世界とは別の、もっと強力で偉大な世界を彼に見せてくれるのだった。彼の「修道士の歌」は、当初はただ世捨て人の重苦しい気分に染められていたが、次第に神学校や教師や同級生に対する苦々しげな憎しみに満ちた詩集へと変貌していった。彼は自分の孤独のなかに殉教者としての苦い喜びを見出していた。理解されないことに満足を覚え、情け容赦ない軽蔑を表した修道士の詩文を書いている自分が小さなユウェナリスのように思えた。

埋葬から八日経ち、二人の同級生が元気になってハイルナー一人がまだ病室に入っていたとき、ハンスが見舞いに来た。ハンスはおずおずと挨拶し、椅子をベッドに引き寄せると病人の手を取ったが、病人の方は嫌そうに壁の方を向いてしまい、まったくとりつくしまもなさそうに見えた。しかしハンスはハイルナーの拒否を受け入れなかった。彼は握った手をしっかりと持ち続け、かつての友人が自分を見つめずにはいられないようにした。ハイルナーは腹立たしそうに唇を歪めた。

「何が望みなんだ？」

ハンスは手を離さなかった。

「聞いてほしいんだ」と彼は言った。「ぼくはあのとき臆病で、きみを見捨ててしまった。だけどきみは、ぼくという人間を知っているよね。神学校で上位の成績を取ること、できれば完全に一番になることが、ぼくの固い決意だった。きみはそれをガリ勉と呼んだし、ぼくとしてはその通りだと思ってるよ。でもそれはぼくなりの理想の追求の仕方だったんだ。ぼくはそれ以上のものを知らなかったんだから」

ハイルナーは目を閉じており、ハンスはとても小さな声で話し続けた。「見てのと

10　古代ローマの風刺詩人。

おり、ぼくは苦しんでいる。きみがもう一度ぼくの友だちになってくれるかどうかはわからないけど、許してほしいんだ」

ハイルナーは沈黙し、目を開こうとしなかった。彼のなかの善良で陽気な部分は友人に向かって笑いかけていたが、苦りきった孤独な人間の役を演じるのにあまりにもなじんでしまったため、少なくともまだしばらくのあいだはその仮面をつけていた。しかし、ハンスはあきらめなかった。

「許してくれなきゃダメだよ、ハイルナー！　こうやってきみの周りをうろうろするくらいなら、むしろ最下位になりたいんだ。きみさえよければまた友だちになろうよ。そして他の奴らに、他人はお呼びでないと見せつけてやろう」

するとハイルナーはハンスの手を握り返し、目を開いた。

数日後、ハイルナーもベッドと病室を離れることができた。そして神学校では新しく結び直された友情について、少なからぬ興奮が沸き起こった。しかし二人にとってはその後何週間もすばらしい時間が続いたのだった。その間、これといって特別な体験をしたわけではないが、一緒に過ごし、言葉を交わさなくても互いに一致しあえるという、これまでになかったような幸福な気持ちに満たされていた。その友情は以前のものとは少し違っていた。何週間も離れていたことが二人を変えていたのだ。ハンスは以前よりも優しく暖かく、熱狂的になっていた。ハイルナーは前よりも力強く、男っぽい性格になっていた。そして二人ともこの間に互いを失って本当に寂しく思っていたところだったので、新たなこの結合は偉大な体験であり、貴重な贈り物と思えたのだった。

二人の早熟な少年はこの友情において、期待に満ちた恥じらいとともに、初恋のほのかな秘密のようなものを知らず知らず味わっていた。それに加えて、二人の結びつきには成熟してゆく男同士の渋い魅力があり、同級生全体に対する反抗心のような辛口の風味もあった。同級生にとってはハイルナーは好ましくない存在であり、ハンスは理解できない人間だった。そして同級生たちが結んでいる無数の友情は、当時はまだ無害な子どもの遊びの域を出ていなかった。

ハンスが心から幸せにこの友情に執着すればするほど、彼にとって学校は異質なものになっていった。新しい幸福の感情は新鮮なワインのように、彼の血管と思考のなかに音を立てて流れ込んできたので、それと比べるとリーヴィウスやホメロスなどはかに重要性や輝きを失ってしまった。教師たちはしかし、これまで非の打ち所のない生徒であったギーベンラートが問題児に変わっていき、うさんくさいハイルナーの影響下にあるのを憂慮しながら見ていた。本質的に早熟な少年たちが、青年期のもやもやを感じ始め、そうでなくとも危険な年齢にさしかかっていく奇妙な現象ほど教師たちをぞっとさせることはなかった。ハイルナーに関しては、教師たちはもともと彼を一種の天才とみなし、不気味に思っていた。天才と教師とのあいだには古代から深い溝が横たわっている。こうした天才たちが学校でやらかすことは、教師陣にとっては最初から恐怖なのだった。彼らにとって天才とは手に負えない悪者で、教師を尊敬せず、十四歳で喫煙を始め、十五歳で恋愛沙汰を起こし、十六で居酒屋に行く輩のことだった。禁止された本を読み、生意気な作文を書き、教師たちをときおり嘲るようににらみつける。日誌のなかでは彼らの名が反乱の首謀者、謹慎刑の候補者として挙げられるのだった。学校の先生はクラスに天才が一人いるよりも、正真正銘の鈍才が十人いる方を喜ぶものである。それはもっともなことである。というのも、教師の課題は極端な人間を育てることではなく、ラテン語や計算のできるよき小市民を養成することにあるからだ。教師と天才のどちらがより多く、重大な苦しみを相手から受けているか、二人のうちどちらがより暴君で駄々っ子であるか、どちらがどちらの魂や人生の一部を台無しにし汚しているか。そうしたことについては、自分の青春を思い出し、憤慨したり恥辱を覚えたりすることなしには探求できない。しかしこれはいまの我々の主題ではないし、真の天才の場合、ほとんどいつもそうした傷はふさがり、学校に反抗しながらもよき成果をあげるものであるから、我々は安心してよいのだ。やがて彼らが死に、はるか彼方で心地よい後光に包まれるようになると、他の世代の生徒たちに向かって学校の教師が、その天才をすばらしい人物、高貴な例としてほめそやすようになる。そういうわけで、学校や時代が変わっても掟と精神のあいだの闘争という茶番劇がくりかえされ、我々は常に国家と学校が、毎年出現する何人かの価値ある深遠な精神を、たたき殺し根元で折り取ろうと息を切らして努力している様子を目撃するのである。そして、後々になって我が国民の宝を豊かにしてくれるのは相も変わらず、とりわけ学校の教師から憎まれ、しばしば罰せられ、道を踏み外し追放された輩なのである。しかし多くの者は――どれくらいの数になるか誰が知ろう？――静かな反抗のなかで消耗し、破滅していくのだ。

善良な古い学校の掟に従って、二人の稀有な若者に対しても、少しでも道から逸れたことが察知されるとただちに、愛ではなく厳しさが倍加された。ただ校長だけは非常に熱心にヘブライ語を勉強するハンスのことを誇りに思っていたので、不器用な救済の試みをした。ハンスを自分の執務室に呼び出したのだ。そこはかつて修道院長の住居の一部だった絵のように美しい出窓のある部屋で、言い伝えによれば近くの町クニットリンゲン出身のファウスト博士がここでエルフィンガー酒を楽しんだということだった。校長はなかなかできた人間で、洞察力も現実的な賢明さも備えていた。それどころか自分の生徒たちに対して一種のお人よしな親切心も持っていた。生徒たちを彼は好んで「du（きみ）」と呼んでいた。彼の主要な欠点は、虚栄心が強いことにあった。この虚栄心のために彼は教壇の上でしばしば自慢話をしてしまったし、自分の権力や権威がほんの少しでも疑問視されるような場面に耐えられないのもこの虚栄心のせいだった。彼は相手の言い訳を我慢できなかったし、自分の間違いを告白することもできなかった。そのために、意志の弱い生徒や無口な生徒は校長とうまくいったが、力があって正直な生徒ほど校長には苦労させられた。ほんのちょっと反論をほのめかすだけで、校長は声を荒らげ、不当な態度をとったからだ。相手を励ますまなざしと感動したような口調を備えた父親のような友人、という役柄を彼は名人のように演じることができた。そしていまも、その役を演じていた。

「座りたまえ、ギーベンラートくん」遠慮がちに部屋に入ってきた少年の手を力強く握った後で、校長は親切そうに言った。「少し話がしたいんだ。『きみ』と呼んでいいかね？」

「どうぞ、校長先生」

「きみはおそらく自分でも感じたことだろうね、ギーベンラートくん。最近の成績が少し落ちてきたことについてだよ。少なくともヘブライ語はそうだね。きみはヘブライ語では一番優秀だったかもしれないよ。だからわたしは、こんなに急に成績が下がるのを見て残念に思うんだ。もうヘブライ語の勉強が楽しくないのかね？」

「いいえ、そんなことありません、校長先生」

「考えてみたまえ！　こういうのはよくあることだよ。きみはもしかしたら他の科目を特に勉強しているのかね？」

「いいえ、校長先生」

「ほんとに違うのかい？　それなら別の原因を探さないといけないね。見つけるのを手伝ってくれるかね？」

「わかりません……ぼくは宿題はちゃんとやってますし……」

「もちろんだよ、きみ、もちろんだ。だが、『細かいなかにも違いあり』だよ。きみはもちろん宿題はやった。それはきみの義務でもあるわけだ。しかしきみは前だったらもっとよくできたよ。もしかしたらいまより熱心だったのかもしれないし、いずれにせよもっと興味を持って事に当たっていたね。どうしてきみの熱心さが突然失われてしまったのかと自問せずにはいられないんだよ。病気ではないだろうね？」

「違います」

「それとも頭痛がするのかね？　とても元気というわけではなさそうだね」

「ええ、頭痛はときどきします」

「毎日の勉強が多すぎるのかね？」

「いいえ、全然そんなことは」

「それとも一人でたくさん本を読んでいるのかね？　正直に言ってごらん！」

「いいえ、ぼくはほとんど本を読みません、校長先生」

「それではまったく理解できないね、若い友よ。何か足りないことがあるはずなんだがね。きちんと努力することを約束してくれるかね？」

ハンスは自分の手を、権力者が差し伸べた右手の上においた。校長はきまじめな穏やかさでハンスを見つめていた。

「よろしい、それでいいよ、きみ。手を抜いちゃいかんよ、さもないと車輪の下敷きになってしまうからね」

彼はハンスの手を握り、ハンスはほっと息をつきながらドアに向かった。すると校長は彼を呼び止めた。

「まだ訊きたいことがあったよ、ギーベンラートくん。きみはハイルナーとよく行き来してるね？」

「はい、かなり頻繁に」

「他の生徒との付き合いよりも多いと思うんだがね。そうじゃないかね？」

「ええ、そうです。彼は親友ですから」

「どうしてそうなったのだね？　きみたちはずいぶん性格が違うじゃないか」

「わかりませんが、とにかく彼はぼくの親友です」

「わたしがハイルナーをそれほど好きでないことは知っているだろうね。彼は不満分子、不穏分子だよ。才能はあるかもしれんが、成績は悪いし、きみにもよくない影響を与えているよ。彼とは距離をおいてくれると嬉しいのだがね。どうかね？」

「それはできません、校長先生」

「できないって？　どうして？」

「友人だからです。彼を見捨てることはできません」

「ふむ。だが、もう少し他の人たちとも付き合うことはできるだろう？　きみはあのハイルナーの悪影響に陥っている唯一の人間だし、その結果をわたしたちは目の当たりにしているわけだ。どうしてそんなに彼に束縛されているんだね？」

「自分でもわかりません。でもぼくたちはお互いが好きだし、彼から離れるとしたらぼくは臆病者だと思います」

「そうか、そうか。まあ、強制はしないよ。だが、徐々に彼から離れてくれることを期待しているよ。そうしてくれたらありがたい。とてもありがたいことだ」

最後の言葉には、それまでのような穏やかさはなかった。ハンスはもう行っていいと言われた。

それ以来、彼は新たに勉強に取り組み始めた。もっとも、もはや以前のようにきびきびと前に進んで行く感じではなく、遅れ過ぎないように、骨折りながらついていく状態だった。自分でも、勉強の遅れの一部は友情が原因だとわかっていたが、友情は彼にとって喪失や障害ではなく、これまでできなかったことをすべて埋め合わせてくれる宝だった。それは以前よりも高められた心温まる生活であり、かつての冷めた義務的な人生とは比べようもなかった。彼はまるで恋する若者のような状態だった。偉大な英雄的行為だってできる気でいたが、日々の退屈でつまらない勉強はできないのだった。そういうわけで彼はいつも、絶望のため息をつきながら勉強にいそしむのだった。おざなりに勉強し、必要最低限のことだけを急いで無理やりやってしまうハイルナーを真似ることは、ハンスにはできなかった。親友がハンスをほとんど毎晩自由時間に呼び出したので、ハンスは朝一時間早く起きることにし、敵と格闘するかのようにヘブライ語の文法と取り組んだ。楽しいと思えるのはもうホメロスと歴史の時間だけだった。暗闇を手探りするような感覚で、彼はホメロスの世界を理解するようになり、歴史の時間には、英雄たちが次第に単なる名前と数字から離れ、すぐ間近から燃えるような目でこちらを見、生き生きとした赤い唇と、それぞれの顔と手を持つようになっていた。赤くて太く、ごつごつした手。静かで冷たく、石のような手。別の英雄は、細くて熱く、繊細な血管が浮き出た手をしていた。

ギリシャ語で福音書を読む際にも、人物像がはっきりと身近に描かれていることにハンスはときおり驚かされ、圧倒されていた。特に一度、マルコの福音書の第六章でイエスが弟子たちとともに船を下りる場面を読んでいたときのこと。「群集はすぐにイエスを見つけて集まってきた」と書かれている箇所である。このとき、ハンスにも「人の子」が船を下りる様子が見え、すぐにそれがイエスだとわかったが、それは姿や顔によるのではなく、彼の愛に満ちた目の、輝きにあふれた非常な深さと、細くて美しくて茶色い手の、静かに振りながら人を招き、歓迎する身振りによってだった。繊細だが力強い魂がその手を形作り、そこに宿っているように見えた。荒れている水辺と重たいバルケ[11]の先端が一瞬目の前に浮かんだが、その風景全体は冬の日に吐いた息が白い煙になって消えていくように、消えてしまった。

ときどきこうしたことが起こった。本のなかから何かの姿や一つの物語が何かを求めるように浮かび上がってくるようなことが。それはまるで、もう一度生きたい、自分の視線を誰か生きている者の目に映し出したい、と願っているようでもあった。ハンスはそれを受けとめ、感嘆し、こうしたすばやい、すぐにまた逃げていってしまう形象を目の当たりにして、自分も心の深い部分が奇妙に変わっていくのを感じた。自分があたかも黒い大地をガラスのように見通し、神に見つめられているかのように。これらの貴重な瞬間は予期せぬときにやってきて、巡礼者であり親しい客として、文句を言われることなくまた姿を消すのだった。彼らの周りには何か未知なるもの、神々しいものがあったので、人は彼らに話しかけることも引き止めることもあえてしないのだった。

ハンスはこうした体験を自分の胸にとどめておき、ハイルナーにさえ話さなかった。ハイルナーの方は、以前の憂鬱症が落ち着きのない鋭い精神に変わっていて、神学校のこと、教師や同級生のこと、天気のこと、人生や神の存在などについて批判をし、ときにはそれが喧嘩好きな気分になったり、突然のバカないたずらを誘発したりした。彼は一度隔離されて、他の生徒とは対極のところにおかれてしまったので、無分別なプライドから、この対極性を反抗的で敵意に満ちた関係にまでとことん突き詰めようとしていた。ギーベンラートも止めようともせずにそのなかに巻き込まれていたために、友人同士のこの二人は、悪意を持って見られる人目につく孤島として、他の大勢から切り離されたところにいた。ハンスはこうした状態も、次第にそれほど不快に思

11　マストのない小舟。

わなくなった。校長がいなければよかったのだが。校長に対してハンスは暗い不安を抱いていた。以前は校長のお気に入りの生徒だったのに、いまでは冷たくあしらわれ、はっきりした意図の下に放ったらかしにされていた。そうして校長の専門分野であるヘブライ語について、ハンスは徐々にやる気を失っていった。

二、三か月のあいだに、数少ない静かな人間を除いて、四十人の神学生の体も心も変わって行く様子を見るのはおもしろいことだった。多くの生徒たちはたっぷりと背丈が伸びたが、横の幅は釣り合いが取れておらず、腕や足を伸ばすと、一緒に成長することのできない洋服から手首やくるぶしが顔をのぞかせるのだった。みなの顔には、失われていく無邪気さと、おずおずと主張し始めた男らしさが形作る影が現れていた。彼らの体はまだ成長期の角ばった形にはなっていなかったが、モーセ五書の勉強が少なくとも仮の真剣さを彼らのすべすべした額に与えていた。ほっぺたが丸く膨れた子どもなど、まさに珍しい存在になってしまった。

ハンスの外見も変わっていた。背の高さとやせたところはハイルナーと同じだったが、いまではほとんどハイルナーより年上に見えた。以前は優しく輝いていた額の端が際立ってきて、目は落ち窪み、顔色は不健康で、手足と両肩は骨っぽくやせ衰えていた。

学校での自分の成績に満足できなければできないほど、ハンスはハイルナーの影響の下、苦々しく同級生たちから距離を保っていた。優等生になり将来の総代として他の生徒を見下す理由がなくなってしまったので、高慢だけがみっともなく彼にまとわりついていた。しかし、他の生徒たちがそれを指摘し、彼自身もそれを切なく感じていたので、なおさら彼らを許すことができなかった。ただ、非の打ち所のないハルトナーと、でしゃばりのオットー・カップとだけは、いくらかやりとりがあった。ある日オットー・カップがまた嘲りの言葉を口にしてハンスを怒らせたとき、ハンスは我を忘れて拳骨で殴りかかってしまった。ひどい殴り合いになった。カップは臆病者だったが、弱い相手をやっつけるのは簡単だったので、遠慮なく殴り返してきた。ハイルナーはその場におらず、他の生徒たちはなすすべもなく見守るだけで、ハンスがやられるのを黙認していた。彼はさんざん打ちのめされ、鼻血を出し、肋骨がすべて痛んだ。ハンスは一晩中、恥辱と痛みと憤りで眠れなかった。ハイルナーにはこのことは黙っていたが、このときからさらにきっぱりと他人との交流を絶ち、同室の生徒たちとももはや一言も言葉を交わさなかった。

春に向かうこの季節、雨の午後や日曜日が多く、陽が差さない時間が長かったため、神学校の生活のなかには新しいサークルを作る動きが生まれてきていた。アクロポリスという部屋にはピアノがうまい生徒が一人とフルートを吹ける者が二人いたため、週に二回定期的に音楽を演奏する夕べをもうけることになった。ゲルマニアという部屋では戯曲を読むサークルが開かれた。そして、何人かの若い敬虔な生徒たちは毎晩聖書を一章ずつ、カルヴの聖書注釈とともに読む研究会を設立した。ハイルナーはゲルマニアの読書会のメンバーになることを申し込んだが、受け付けてもらえなかった。彼は怒りで煮えくり返った。復讐のため、今度は聖書研究会の方に行った。そこでも会員たちは彼を入れたがらなかったが、ハイルナーはごり押しし、大胆な言葉や神はいないといったほのめかしによって、謙虚でささやかな同胞関係のなかに喧嘩と論争を持ち込んだ。彼はまもなくこうした楽しみにも飽きてしまったが、その後も長いこと、皮肉っぽく聖書を引用しながら語っていた。しかしハイルナーは今回はほとんど注目を集めなかった。神学校の学年全体が何かを企画し、設立しようという気持ちで一杯になっていたためだ。

一番話題になったのは、才能に恵まれユーモアもあるスパルタの部屋の一人の生徒だった。彼は個人的な名声もさることながら、学校にいくらか活気をもたらそうとし、いろいろと愉快な戯言《ざれごと》を並べることで、単調な勉強の毎日に、しばしば息抜きを与えようと考えたのだった。彼のあだ名はドゥンスタンといい、センセーションを巻き起こして一種の名声を手にするためのユニークな方法を考えついた。

ある朝、生徒たちが寝室から出てみると、洗面所のドアに一枚の紙が貼られていた。そこには「スパルタからの六つの格言詩」と題して、目立つ同級生たちが選び出され、彼らの愚行やいたずら、友情などが二行詩でおもしろおかしく笑いものにされていた。ギーベンラートとハイルナーのペアも槍玉に上がっていた。小国家のなかにものすごい興奮が沸き起こり、まるで劇場の入り口に押し寄せるように生徒たちがそのドアの前に集まった。一群は、女王蜂から仕事に送り出された蜂の群れのように、うなり声を上げたりつつき合ったり囁いたりしていた。

翌朝になると、すべてのドアに格言詩や風刺がぎっしりと貼られていて、そこには昨日の詩への返答や同意や新たな攻撃などが書かれていた。だが、スキャンダルの首謀者は再びそれに参加するほど愚かではなかった。納屋のなかに火のついた木片を投げ込むという目的は達成され、彼は満足して両手を擦り合わせていた。ほとんどすべての生徒たちが何日間かのあいだこの風刺のやりとりに参加し、二行詩を考えながら思いに耽って歩き回っていた。何も気にせず普段どおり勉強にいそしんでいたのは、ひょっとしたらルツィウスだけだったのではないだろうか。最後には一人の教師がこの騒ぎに気づき、興奮を誘うこの遊びを続けることを禁じたのだった。

頭のいいドゥンスタンは自分の月桂冠の上でふんぞり返ることはせず、その間にもっと重要な作戦を準備していた。彼は新聞の創刊号を発行したのだ。それは小さな書式の草案用紙にゼラチン版の複写機で印刷されており、彼はもう何週間も前から、このためのニュースを集めていたのだった。新聞は「ヤマアラシ」と名づけられていて、どちらかといえばジョーク集だった。ヨシュア記の著者とマウルブロンの神学生の愉快な対話、というのが創刊号のなかでも出色の記事だった。新聞はどの部屋にも無料で二部ずつ配られ、将来は週に二回発行で五ペニヒとのことだった。売り上げはみんなのお楽しみのために使うことになっていた。

新聞の成功はめざましく、いまや大忙しの編集者兼出版者のような雰囲気と態度を示し始めたドゥンスタンは、神学校において、かつてあの有名なアレティーノ[12]がヴェネチア共和国で享受したような厄介な評判を背負うことになった。

ヘルマン・ハイルナーが情熱的に編集部に参加し、ドゥンスタンと一緒に鋭く風刺的な批評を行ったときには、みんなはびっくり仰天した。ハイルナーにはそうしたユーモアや知性が充分に備わっていた。約四週間、この小さな新聞は神学校の生徒たちの驚嘆の的となっていた。

ギーベンラートは友人が新聞に参加するままにさせていた。彼自身は一緒にやる気も才能もなかった。ハンスはそれどころか当初は、ハイルナーが最近になってしばしばスパルタの部屋で夜を過ごしていることさえ気づかなかった。というのも近頃ハンスは別のことが気になっていたからだ。日中ハンスはぼんやりと目立たずに歩き回り、のろのろと気の入らない勉強をしていた。そして、あるとき、リーヴィウスの授業で奇妙なことが起こった。

教官がハンスに翻訳するように呼びかけた。しかしハンスは座ったままだったのだ。

「どうしたんだね？　どうして立たないんだ？」と教官は腹立たしげに言った。

ハンスは動かなかった。まっすぐにベンチに座り、ほんの少し頭を傾け、目は半ば

12　十六世紀のヴェネチアで活躍した風刺家。

閉じていた。呼びかけは彼を半ば夢から目覚めさせたが、教師の声は遥か遠くから聞こえてくるようだった。隣の生徒が自分を激しくつついているのにも気がついた。しかし、それはどうでもいいことだった。彼は別の人々に囲まれ、別の手に触れられていた。そして、別の声が彼に語りかけていた。近く、低く、深い声で、言葉を話すのではなく、ただ泉の音のように深く穏やかにざわざわいう声だった。そしてたくさんの目が彼を見つめていた――未知の、思わせぶりで、大きくて輝きに満ちた目が。もしかしたらたったいまハンスがリーヴィウスのテクストで読んだ、ローマ人の群集の目かもしれなかったし、彼が夢で見たか、一度絵画で見たことのある、知らない人間たちの目かもしれなかった。

「ギーベンラート!」と教師が叫んだ。「眠っているのか?」

ハンスはゆっくりと目を開き、驚いて教師に目を向けると、首を横に振った。

「眠っていたんだな! それとも、いまどの文章をやっているか言えるかね? さあ?」

ハンスは本を指さした。どこをやっているかはよくわかっていた。

「それじゃあ立ってもらえるかね?」教師は嘲るように尋ねた。ハンスは立ち上がった。

「何をしているんだね？　こちらを見なさい！」

ハンスは教師を見つめた。しかし教師にはハンスのまなざしが気に入らず、驚いたように首を横に振った。

「気分が悪いのかね、ギーベンラート？」

「いいえ、先生」

「席について、授業の後でわたしの部屋に来なさい」

ハンスは腰掛け、リーヴィウスの本の上に屈みこんだ。彼は完全に目覚めていて、すべてを理解できたが、同時に心の目でたくさんの見知らぬ姿を追っていた。それらの姿はゆっくりと非常に離れた場所に移動していったが、輝く目をハンスのほうに向け続け、やがて遠くで霧のなかに隠れてしまった。それと同時に教師の声や翻訳している生徒の声も聞こえ、教室のあらゆる小さな物音がどんどん近くなってきて、最後にはまたいつものように現実的な、すぐそこにあるものになっていた。そこにはベンチ、教卓、黒板がいつものように存在し、壁には大きな木のコンパスと鉤のついた定規が下がっており、同級生も全員座っていて、多くの生徒たちが興味深そうに、無遠慮にハンスの方を盗み見ていた。ハンスはそれを見て激しく動揺した。

「授業の後でわたしの部屋に来なさい」という声が聞こえた。おやおや、いったい何が起こったんだ？

授業の終わりに教師はハンスを手招きし、目を剝いている同級生たちのあいだを通って連れて行った。

「さあ、言ってごらん、何をしていたのか？　眠っていたわけではないんだね？」

「はい」

「どうして呼ばれたときに立たなかったんだね？」

「わかりません」

「それとも声が聞こえなかったのかね？　耳が悪いのかい？」

「いいえ。聞こえていました」

「それでも立たなかったのかい？　その後も変な目つきをしていたね？　何を考えていたんだい？」

「何も。立とうとは思ったんです」

「それなのになぜそうしなかったんだい？　やっぱり気分が悪かったのかね？」

「そうじゃないと思います。何だったか、わからないんです」

「頭痛がしたのかね?」

「いいえ」

「よろしい。行きなさい」

食事の前にハンスはふたたび呼び出され、寝室に連れて行かれた。そこには校長が州の医師と一緒に彼を待っていた。ハンスは診察を受け、いろいろと質問されたが、はっきりしたことは何もわからなかった。医師は人が好さそうに笑い、このことを軽く受け止めようとした。

「ちょっとした神経の病ですよ、校長先生」と彼は穏やかにくすくす笑いながら言った。「一過性の虚弱です。軽いめまいですよ。この若者が毎日外の空気に当たるようにしてやらなければいけませんな。頭痛のためには、飲み薬を少し処方しましょう」

それ以来、ハンスは食後にいつも一時間、外に出なければいけなくなった。それは彼にとって別に嫌なことではなかった。嫌だったのは、この散歩にハイルナーが付き添うのを、校長がはっきりと禁じたことだった。ハイルナーは憤慨して罵詈雑言《ばりぞうごん》を吐いたが、従わないわけにはいかなかった。そういうわけでハンスはいつも一人で出かけていったが、それを楽しいと思うこともあった。春の初めだった。丸く美しく湾曲した丘陵地帯を、芽吹いたばかりの緑が薄く明るい波のように覆っていた。木々は冬のあいだ鋭い輪郭で、遠くから見ると茶色い網の目のようだったが、いまや冬の姿を脱ぎ去り、新緑の戯れと、限りなく寄せる大波のような生き生きした緑の風景の色彩のなかに姿を隠してしまった。

以前、ラテン語学校に通っていたころのハンスは、いまとは違ってもっと生き生きと、好奇心を持ち、春に見られる細かい変化を眺めていた。北に戻って行く鳥を種類ごとに観察し、木々の花が咲く順番を確かめ、五月になるが早いか、釣りを始めたものだった。だが、いまでは鳥の種類を区別したり、茂みについているつぼみで花の種類を見分けるといった努力をしなくなってしまった。彼はただ、全般的な自然の営みを見、そこらじゅうに芽吹いている色彩を眺め、若葉の香りを呼吸し、空気が前よりも柔らかく、燃え立つようであるのを感じ、感嘆しながら野を歩いていった。すぐに疲れてしまって寝そべったり眠り込んだりする傾向があり、現実に彼を取り囲んでいるのとは違うものを絶えず見てしまうのだった。それが実際どのようなものであったか、ハンス自身にもわからなかったが、それについて考えもしなかった。それらは明るくて優しく見慣れない夢であって、絵画や珍しい木々の並木のように彼の周りを囲み、そのなかで何かが起こるわけではなかった。ただ見るためだけの絵、しかしそれを見ることが一つの体験ではあるのだった。まるで他の地域、他の人々のもとに連れて行かれるような体験だった。見知らぬ土地、柔らかくて歩くのに心地よい大地をさまよい、よその空気、軽くて洗練され、夢見るようなスパイスの効いた空気を吸っているような状態だった。こうした光景の代わりにときには暗く暖かく興奮させるような感覚も訪れ、それはまるで軽やかな手が柔らかく触れながら体の上を撫でていくようだった。

本を読んだり勉強する際、ハンスは多大な努力を払って集中するようにしていたが、自分の興味を引かないものは影のように手からすり抜けていってしまった。ヘブライ語の語彙は、授業中に覚えているためには、授業の三十分前に予習しなければいけなかった。しかししばしば、形を伴ったものが見えてくる瞬間が訪れ、本を読んでいるとそこに描写されているものが突然そこに立ち、生きて動くのが見えるのだった。それはすぐ周りを囲んでいるものよりもずっと本物らしく、現実のように思えた。そして、どんどんいろいろなことを記憶していきたいのに日々記憶力が衰え不確かになっていくことに気づいて絶望する一方、昔の思い出がときおり、彼には不思議であり不安でもある不気味なほどの明瞭さで迫ってくるのだった。授業の真っ最中、あるいは読書の最中に、ときどき彼の父や老アンナ、以前の教師や同級生の一人が脳裏に浮かび、目の前にはっきりと立ち現れて、しばらくのあいだ彼の全神経をとらえてしまうことがあった。シュトゥットガルトに滞在したときや州試験の一場面、休暇のときのことなどを、彼はくりかえしくりかえし追体験していた。あるいは自分が釣竿を持って川辺に座っているのを見、陽の当たる水面から立ち上る蒸気の匂いを嗅いだ。と同時に彼には、いま思い浮かべているこうした時間が、もうずっと昔のことであるような気がしていた。

ある生暖かく湿った暗い晩のこと、彼はハイルナーと寮の宿泊所を行ったり来たりし、家のこと、父親や釣りや学校のことを話していた。友人は珍しく無口だった。彼はハンスが話すに任せ、ときおりうなずいて、一日中遊び道具にしていた小さな定規で考え深そうに空中を突いたりしていた。次第にハンスも黙りがちになってきた。もう夜で、二人は窓台に腰を下ろした。

「ねえ、ハンス?」とついにハイルナーが口を開いた。彼の声は落ち着かず、興奮していた。

「何?」

「いや、いいよ」

「ダメだよ、言ってごらんよ!」

「ぼくはただ――きみがいろいろ話したから」

「何なんだい?」

「言ってくれよ、ハンス、きみは女の子の後を追いかけたことはないのかい?」沈黙が訪れた。二人はまだ一度も恋愛について話したことはなかった。ハンスはその話を恐れていたが、この謎めいた分野はメルヒェンの庭のように彼をひきつけもした。自分が赤くなり、指が震えているのを感じた。

「一度だけ」と彼は囁いた。「ぼくはまだバカな少年だったんだ」

ふたたび沈黙が訪れた。

「――それできみは、ハイルナー?」

ハイルナーはため息をついた。

「ほっといてくれよ! そんなこと話したってしょうがないよ。何の価値もないんだから」

「そんなことないよ」

「――ぼくには恋人がいるんだ」

「きみに？　ほんと？」

「故郷にね。隣の子だよ。今年の冬、彼女にキスしたんだ」

「キスだって――」

「そうなんだ。――つまり、もう暗かったんだ。夕方、氷の上で。彼女がスケート靴を脱ぐのを手伝ったんだ。そのときにキスしたんだ」

「その子は何も言わなかったの？」

「言いはしなかったよ。走って行っちゃったんだ」

「それから？」

「それからって！　何もないよ」

ハイルナーはふたたびため息をつき、ハンスはまるで禁じられた園からやってきた英雄であるかのように彼を見つめた。

そのとき鐘が鳴り、消灯の時間を告げた。明かりが消され辺りが静かになってからも、ハンスはまだ一時間以上目を覚ましていて、ハイルナーが恋人にしたキスのことを考えていた。

翌日、ハンスはもっと質問したいと思ったが恥ずかしくてできず、ハイルナーの方もハンスが訊かなかったので、自らそれについて話を始めるのは控えていた。

学校ではハンスの調子はどんどん悪くなっていった。教師たちはしかめっ面をしたり奇妙な視線をハンスに向けるようになり、校長は不機嫌で怒りっぽく、同級生たちも、ギーベンラートが高みから転落し、一番を目指すのをあきらめたのに気づいていた。ハイルナーだけは、彼自身にとって学校がそれほど重要でなかったので、何も気づかなかった。そしてハンス自身は、すべてが起こり、変わってゆくのを、大した関心もなく眺めていた。

ハイルナーはその間に新聞の編集にも飽きてしまい、友人の元に戻ってきた。禁止に逆らって、彼は何度もハンスの日々の散歩に付き添い、ハンスと一緒に日向ぼっこをして寝転んでは、まどろんだり、詩を朗読したり、校長についての冗談を言ったりした。ハンスは日々、ハイルナーがいったん打ち明けた恋の冒険の続きを語ってくれたらいいのにと願っていたが、日が経てば経つほどそれは訊きにくくなっていった。

二人とも同級生たちには以前と変わらず好かれていなかった。というのもハイルナーが「ヤマアラシ」に載せた毒舌の冗談は、誰の信頼も勝ち取らなかったからだ。新聞はこの時期に、どっちみち休刊になってしまった。流行に取り残されてしまっていたし、もともと冬から春にかけての退屈な日々のために計画されたものだったのだ。いまでは美しい季節の始まりが、花を植えたり、散歩をしたり、戸外で遊んだりなどの娯楽をたっぷり提供していた。毎日の昼休みには、体操やレスリング、競走や球技をする者たちが、修道院の前庭を叫び声と活気で満たしていた。

そんなとき、新たに大センセーションが巻き起こったが、その張本人で中心人物はまたもやみんなの躓《つまず》きの石、ヘルマン・ハイルナーだった。

校長は、ご親切な同級生たちから、ハイルナーが校長の禁止事項をバカにしていること、ほとんど毎日のようにギーベンラートの散歩に付き添っていることを耳にした。校長は今回はハンスをそっとしておき、主犯格で自分の仇敵でもあるハイルナーだけを執務室に呼び寄せた。校長は彼を親しげに「きみ」と呼んだが、ハイルナーはすぐに、その呼び方はやめてほしいと言った。校長はハイルナーの不従順を非難した。ハイルナーは、自分はギーベンラートの友人であり、誰にも自分たちの交際を禁ずる権利はない、と宣言した。気まずいやり取りがあり、その結果としてハイルナーは何時間か謹慎処分を受け、今後しばらくギーベンラートと外出することを固く禁じられた。

そういうわけでハンスは翌日、公式の散歩にはふたたび一人で出かけた。二時に戻ってくると他の生徒と一緒に教室に入ったが、授業が始まったとき、ハイルナーが来ていないことがわかった。以前ヒンドゥーがいなくなったときと状況がまったく同じだったので、これが遅刻だと思う者は誰一人いなかった。三時には、学年全員が三人の教師と一緒に、行方不明になったハイルナーの捜索に出かけた。グループに分かれ、森を歩いて大声で呼んだ。多くの者が、ハイルナーが自殺を図った可能性もあると考え、教師のうちの二人もその意見だった。

五時にはこの地方のすべての警察署に電報が出され、夜にはハイルナーの父親に宛てて速達が出された。夜遅い時間になってもハイルナーの痕跡はまったく見つけられず、どこの寝室でも夜更けまでささやき声が交わされていた。生徒たちのなかでは、ハイルナーが水に飛び込んだのだという説が、もっとも支持を集めた。他の生徒たちは、ハイルナーは単に家に戻っただけだ、と考えていた。しかし、脱走者がほとんど無一文だということはすでに確認されていた。

このことについて知っているに違いない、とでも言いたげに、みんなはハンスを見つめた。しかしハンスは何も知らず、むしろ全生徒のなかでもっともショックを受け、もっとも心配していた。夜、寝室で他の生徒たちが問いかけたり推測したり、話を作ったり冗談を言っているのを聞きながら、ハンスは掛け布団の下に深くもぐりこみ、長い辛い時間を友人を思う苦しみと不安のうちに過ごした。ぐったりし、心配しながら眠り込むまで、ハイルナーが二度と戻ってこないかもしれないという予感が彼のおびえた心を締めつけ、恐ろしい悲嘆で満たしていた。

その同じ時間、ハイルナーは数マイル離れた藪のなかで横になっていた。寒くて眠れなかったが、体の奥まで解放感に浸ってしっかりと呼吸し、狭い籠から逃げ出したみたいに手足をぐんと伸ばした。彼は昼から歩き続けていて、クニットリンゲンで買ったパンをときどきかじりながら、まだ春らしくまばらな枝のあいだを通して、暗い夜空と星と、すばやく流れてゆく雲を眺めていた。どこへ行き着くことになろうと、彼にとってはどうでもよかった。少なくともあの忌々しい神学校からは脱走して、命令や掟よりも彼の意志の方が強いことを校長に見せつけられたのだ。

その翌日も人々はハイルナーを探したが無駄だった。彼は二日目の晩を、どこかの村の近くで、畑の藁束のあいだで過ごした。朝になると森のなかに入り、夕方になってまたどこかの村に行こうとしたときにようやく、一人の田舎巡査につかまったのだった。巡査は親しみをこめたからかいの言葉でハイルナーを迎え、村役場に連れて行った。ハイルナーは冗談やお世辞で村長の心をつかみ、泊まるように勧められて村長宅に連れて行ってもらったうえに、就寝前にはハムや卵をたっぷり食べさせてもらった。翌日、その間に駆けつけていた父親が、彼を迎えに来た。

脱走者が連れてこられたとき、神学校内の興奮は大変なものだった。ハイルナーはしかし頭を高く上げ、自分のちょっとした天才旅行をまったく後悔していないようだった。謝罪を要求されてもそれを拒み、教師陣による訊問《じんもん》にも、怖気づいたり卑屈になったりせずに臨んでいた。彼を学校にとどめたいと思っても、すでに許容限度を越えてしまっていた。ハイルナーは懲戒処分を受けて退校させられ、夜、父親と一緒に旅立ったが、神学校にはもう二度と戻れないのだった。親友のギーベンラートとは、握手して別れを告げることができただけだった。

反抗と堕落によって引き起こされたこの特殊なできごとについて校長が行った壮大な演説は見事であり、起伏に富んでいた。シュトゥットガルトの上級公務員たちに宛てた校長の報告の方はずっとおとなしく、事務的で弱々しかった。神学生たちは去っていった怪物との文通を禁じられたが、ハンス・ギーベンラートはそれを聞いてもほほえむだけだった。何週間ものあいだ、ハイルナーとその逃亡ほど多く話題になったことは他になかった。彼が去ってしまったことと過ぎていった時間とが、ハイルナーについての一般的な評価を変え、多くの生徒たちは、当時は不安がって避けていた逃亡者のことを、逃げた鷲のように大目に見るようになっていった。

ヘラスの部屋にはこうして二つの空席ができ、あとからいなくなった生徒は、最初の生徒ほどすぐには忘れられなかった。校長だけは、その二人目が沈黙し、やつれているとわかれば、その方が嬉しかっただろう。しかしハイルナーは、神学校の平和を乱すようなことは何もしなかった。ハイルナーの親友は待ちに待ったけれど、手紙は来なかった。彼は去ってしまい、行方知れずだった。ハイルナーの人物と逃亡談は次第に歴史の一部になり、ついには伝説になってしまった。この情熱的な少年はやがて、たくさんの天才的いたずらや奇行をくりかえした後で、人生の苦しみによって厳しい試練のときを与えられ、英雄とはいわないまでも率直で立派な男になったのだった。

後に残されたハンスにはハイルナーの脱走を知っていたのではないかという疑いがつきまとって、ハンスに対する教師たちの好意も完全に消えてしまった。例の教師はハンスが授業中にいくつも質問されて答えられないでいたとき、「きみはどうして素敵な友人のハイルナーと一緒に出て行かなかったんだね」と言った。

校長はハンスを放っておき、パリサイ人が取税人を眺めたような軽蔑のこもった同情のまなざしで[13]、脇から見つめていた。ギーベンラートはもはや生徒の一人ではなく、異端者の一人なのだった。

13　新約聖書の福音書のエピソードによる。パリサイ人は信仰熱心で、取税人と違って自分たちは正しく立派な人間であると考えていた。

第5章

食べ物を蓄えて生きるハムスターのように、ハンスもまだしばらくのあいだは、以前の勉強の蓄積でなんとかついていくことができた。その後は、またがんばろうとする短期間の弱々しい新たな試みをあいだに挟んで、気まずい困窮の時期が続いた。試みがなんの希望ももたらさなかったことについては、ハンス自身、ほとんど笑うしかなかった。ハンスは役に立たないことで自分を苦しめるのをやめ、モーセ五書に続いてホメロスを、クセノフォンに続いて代数を、次々に投げ出してしまった。そして、自分の評判が教師たちのなかで段階的に下がってゆくのを、興奮もせずに眺めていた。「優秀」から「まあまあ優秀」、「まあまあ優秀」から「普通」、そしてしまいには「ゼロ」に。いまではまた定期的に頭痛に悩まされていたが、頭痛がしないときにはヘルマン・ハイルナーのことを考え、荒唐無稽な軽い夢を見、何時間もぼんやりとした考えを追って過ごしていた。すべての教師たちがますます頻繁に非難の言葉を述べるようになっていたが、そうした言葉にも、最近では人のよい謙虚な微笑で応えるようになっていた。補教師のヴィーダーリヒという親切な若い先生だけが、なすすべのないこの微笑を見て心を痛め、軌道から外れてしまった少年に、同情をこめたいたわりをもって接していた。残りの教師たちはハンスに憤慨しており、軽蔑的に居残りをさせて罰したり、ときおり皮肉な言葉で彼の心をくすぐって、眠り込んでしまった虚栄心を目覚めさせようとした。

「きみがちょうど睡眠をとろうとしているのでなければ、この文を読んでくれるようにお願いしてもいいかな？」

校長は控えめに不快感を示していた。見栄っ張りの校長は自分のまなざしの力に大いに自信を持っていたが、威厳をもって脅すような目をしてみせてもギーベンラートが相変わらず卑屈で従順な微笑でしか応えないのを見て、腹を立てた。この微笑は次第に校長の気に障るようになっていたのだ。

「どうしようもないバカみたいな笑い顔はやめるんだ。きみはむしろ泣いて当然なんだぞ」

さらに強い印象を与えたのは父親からの手紙だった。父親は驚愕し、態度を改めるように息子に訴えていた。校長が父親宛てに書いた手紙のせいで、どうしようもなく驚いてしまったのだ。ハンスへのその手紙は実直なこの男性が駆使しうる限りのあらゆる励ましと道徳的な憤慨の表現の集大成となっており、意図せずに一種の泣き落としの調子をにじませていて、息子にはそれが辛かった。校長からギーベンラートの父、教師陣から補教師にまでいたるこれらの人々はみな自分の義務を意識し、若者を操縦しようとする人々で、ハンスのなかに悪い要素、彼らの望みを妨げるもの、なにか隠された怠惰なものがあると思っていて、ハンスを力ずくで正道に戻さなければいけないと考えていた。ひょっとしたらあの同情的な補教師は別かもしれないが、他には誰も、ハンスの細い顔に浮かぶどうしようもない微笑の背後で、破滅しつつある魂が苦しんでおり、溺れそうになりながら心配そうに水面で辺りを見回しているのだということに気づいてはいなかった。そして、学校と父親や何人かの教師の野蛮な虚栄心が、無邪気に広がっていた穏やかな子どもの魂のなかで遠慮会釈なく暴風雨のように吹き荒れることで、このもろくて繊細な人間をすっかり追い詰めてしまっているとは、誰一人考えなかったのだ。どうして彼は、もっとも感じやすく危うい少年時代に、毎日毎日夜遅くまで勉強しなければならなかったのだろうか？　どうして人々は彼からウサギを取り上げ、ラテン語学校の同級生を意図的に遠ざけ、釣りや散歩を禁じ、子どもを疲労困憊《こんぱい》させるようなみすぼらしい虚栄心から来る、空っぽでちっぽけな理想を植え込んだのだろう？　どうして試験の後でさえ、ちゃんともらえるはずの休暇を与えてやらなかったのだろう？

いまや過度にしごかれた小馬は道端に倒れ、もう役に立たない状態だった。

どうしてこんなことを？　と尋ねられたら、教師たちは疑いなく笑ったことだろう。こんなにもたくさんの他の生徒たちが、すでに同じような特訓に耐えたではないか？このように例外的に繊細な少年の神経に対して、嗅覚と感情といたわりの気持ちを働かすべきだなどと、誰が教師に要求できるのだ？　せめて自然な情愛のこもった思いやりを持つべきだというのか？

学校とそれがどんな関係がある？　いや、我々はハンスに対する義務を誠実に果たしたのである、と。

夏が始まるころ州の医師は再び、これは主に成長と関係がある神経衰弱の状態に過ぎない、と診断した。ハンスは休みのあいだできるだけ外出した方がいいし、充分に食事をとってたくさん森のなかを歩けば、それでもう回復が見込めるだろう、とのことだった。

しかし、残念ながらそこまで待ってもらうことはできなかった。休みまでまだ三週間あったある日の午後の授業で、ハンスは教師から激しく叱責された。教師がさらに叱り続けると、ハンスはベンチに崩れるように腰を下ろし、不安げに震え始め、長いあいだ発作的に泣きじゃくっていた。午後の授業はそのために中断された。ハンスはその後、半日ベッドのなかで過ごした。


その翌日、ハンスは数学の時間に、黒板のところで幾何学図形を書いて証明問題を解くように命じられた。彼は前に出たが、黒板の前でめまいに襲われた。チョークと定規を持ったまま意味もなくうろうろし、それらを取り落とし、拾おうとして屈んだ後、床に膝をついたまま、もはや立ち上がることができなかった。

自分の患者がそんな愚かな行動を示したと知って、州の医師はかなり腹を立てていた。医師は用心深く言葉を選びながら、ハンスにすぐ休養のための長期休暇を与えるよう提案し、専門の神経医の診断を仰ぐよう勧めた。

「あの子は舞踏病になりますよ」と医師は校長にささやき、校長はうなずきながら、いま自分の顔に表れている無慈悲に憤慨した表情を父親らしい残念そうな表情に変えるのが適切であると考えたが、簡単にその表情を作ることができ、父親らしい顔は彼によく似合いもした。

校長と医師はハンスの父親に手紙を書き、少年を父親の懐《ふところ》に押しつけ、故郷に戻らせた。校長の怒りは重苦しい心配に変わった。ハイルナーの件で心をかき乱されたばかりの学校担当の役人たちは、この新しい不幸についてどう考えるだろう？　校長は今回、この事件に関する演説をすることも控えてみんなを驚かせ、最後の数時間はハンスに対しても気味が悪いほど愛想がよかった。ハンスが休暇から戻らないだろう、ということは校長にははっきりしていた。たとえ治ったとしても、ひどく遅れをとったこの生徒は、もはや失った数か月を、もしくはそれが数週間であっても、取り戻すことはできないだろう。校長はハンスを励ますように心を込めて「また会おう」と挨拶したものの、その後ヘラスの部屋に足を踏み入れて三つの空席を見るたびに気まずい気持ちになり、二人の優秀な生徒が消えてしまったことについて自分にも責任の一端があるのではないかという考えを押し殺すのに苦労していた。しかし胆のすわった道徳的な人間である校長は、こうした無益で暗い疑念を自分の魂から追い出すことに、結局は成功したのだった。

小さな旅行カバンを手に旅立つ神学生の背後で、神学校の教会と門と切妻屋根と塔が風景に溶けていき、森と一連の丘陵も遠ざかっていった。その代わりにバーデンの国境地帯にある実り多い果樹園が現れてきた。それからプフォルツハイムを通り、そのすぐ後には黒森《シュヴァルツヴァルト》の青みがかった黒いモミの山が始まった。山々は無数の小渓谷に貫かれ、夏の炎熱のもとでますます青く涼しく、日陰を保証していた。少年は風景が変化しながらどんどん故郷らしくなってくるのをひそかな満足とともに見守っていたが、自分の育った町に近づくと父親のことを思い出し、父の出迎えに対する気まずい不安が、旅の小さな喜びを根本的に消し去ってしまった。シュトゥットガルトでの試験に行ったときのことやマウルブロンへの入学の旅のことが、そのときの緊張や不安げな喜びとともにまた頭に浮かんできた。あれはすべて何のためだったのだろう？　校長と同じくハンスにも、自分が二度と戻れないこと、神学校も大学での勉強も、あらゆる見栄っ張りな希望も終わってしまったことがわかっていた。そのことは別に悲しくなかったが、希望を騙し取られて失望した父に会わなければいけない不安だけが彼の胸を重くした。いまのハンスには、休みたい、ゆっくり眠って思い切り泣き、思い切り夢を見たい、そしてこうした苦しみすべての後で、一度そっとしておいてほしい、という以外の願いはなかった。そして彼は、父のいる家では、そうした願いがかなえられないのではないかと恐れてもいた。鉄道の旅が終わるころになって彼は激しい頭痛を感じ、自分が以前熱心に歩き回った山や森のあるお気に入りの地域を通っていたにもかかわらず、もう窓の外を見られなかった。そしてこれほど気になっていたのに、よく知っている故郷の駅で降りるのをもう少しで失念するところだった。

いまやハンスは、傘と旅行カバンを持って駅に立っており、父親に見つめられていた。校長の最後の手紙は、できそこないの息子に対する父親の失望と憤慨を、どうしようもない恐れに変えていた。父親はハンスが衰弱し、ひどい様子で帰ってくるのではないかと想像していたが、ハンスはやせて弱々しかったものの、まだ元気はあり、自分の足で歩くこともできていた。父親にとって、そのことが少し慰めとなった。一番の問題だったのは、彼のひそかな不安だった。医師と校長が書いてきた、神経症に対する恐怖の思いである。彼の家族にはこれまで、誰も神経症の者などいなかった。そのような病気に対して、人は常に理解のない嘲りや軽蔑的な同情をもって「精神病患者」などと話していた。そしていまや、息子のハンスがそんな話題とともに戻ってきたのだ。

最初の日、少年は非難の言葉で迎えられなかったので喜んでいた。それから彼は、父親が自分を扱うときのおずおずとした不安そうないたわりに気がついた。父は見るからに無理をして、その役割を自分に当てはめていた。ハンスはときおり、父が奇妙に試すような目つきと不気味な好奇心で自分を見つめ、感情を押し殺したわざとらしい調子で自分と話しながら、そっと自分を観察していることにも気がついた。ハンスは前よりも引っ込み思案になり、自分の状態に対する漠然とした不安に苦しむようになった。天気がよいときには何時間も森のなかで横になり、それは彼にいい効果をもたらした。森にいると少年時代の幸福の弱々しい残光がときおり彼の損なわれた心をよぎっていった。花やカブトムシを見て喜び、鳥の鳴き声に耳を澄ませたり風の痕跡を追いかけたりする。でもそれは常に一瞬のできごとだった。彼はたいてい、ぐったりとコケのなかに横たわり、重い頭を抱えながら、何かについて考えようと無駄な努力をしていた。そうしているとやがてまた夢が訪れて、彼を別の空間へ連れて行ってくれるのだった。頭はほとんどいつも痛かった。神学校やラテン語学校のことを思い出すたびに、たくさんの本や教材、課題などのイメージが、ひどい悪夢のように彼に襲いかかってきた。痛む頭蓋のなかで、リーヴィウスとカエサル、クセノフォンと計算問題が混乱した厄介な踊りを踊っていた。一度、次のような夢を見た。親友のヘルマン・ハイルナーが死んで担架に載せられているのが見え、そちらに行こうとするのだが、校長や教師たちがハンスを引き戻し、あらためて行こうとするたびに一撃を食らわせるのだ。神学校の教授や補教師だけではなく、故郷の校長やシュトゥットガルトの試験官たちもそこにおり、全員が苦々しい顔をしていた。突然場面が変わり、担架の上に横たわっているのは溺れたヒンドゥーで、ヒンドゥーのおかしな父親が嵩の高いシルクハットを持ち、がに股で辛そうにその脇に立っていた。

そして再び別の夢が現れた。ハンスは森のなかで、脱走したハイルナーを探している。ハイルナーが遠くの木々のあいだを歩いているのが絶えず見えはするのだが、呼びかけようとする瞬間にいつも姿が消えてしまうのだ。ようやくハイルナーは立ち止まり、ハンスが近くに来るのを待って口を開く。ねえ、ぼくには恋人がいるんだよ。それからハイルナーは大きすぎる声で笑い、藪のなかに消えてゆくのだ。

ハンスはやせた美しい男が船から下りるのを見た。男は静かな神々しい目をして、美しく穏やかな手をしていた。ハンスは彼に向かって歩いていった。また何もかもがぐちゃぐちゃになり、これはどういうことだろうとハンスは考えたが、福音書のある箇所がまた思い浮かんだ。「すぐに人々はイエスと知って、その地方をくまなく走り回り」と書かれている箇所である。そこでハンスは、「περιέδραμον」の活用形はどうだったかと考えずにはいられなかった。その動詞の現在形、不定形、完了形、未来形はどうだったか、と。ハンスはその単語を単数・双数・複数形で活用させてみて、それがうまくゆかないとたちまち不安になり、汗をかいた。それから我に返ると、まるで頭の内側がいたるところ傷ついているような気がした。そして、諦めと罪の意識から思わず例の眠たげな微笑を浮かべてしまったとき、校長の声が聞こえてきた。「そのバカみたいなほほえみはどういう意味だ？　こんな状態で、まだ笑おうとするのか？」

その日その日で調子のよいときはあるものの、全体としてはハンスの状態に改善は見られず、むしろ悪化していくようだった。

かつて母親を診察し看取った医師は、少し痛風気味の父親のためにいまでもときどき診察に来ていたが、ハンスのこの状態にがっかりした顔をし、一日また一日と、診断を述べるのを先延ばしにしていた。

この数週間のあいだにハンスは初めて、自分にはラテン語学校の最後の二年間、友だちがいなかったことに気づいた。それ以前の友だちは、一部は町を出てしまっていたし、一部は職人の弟子になって歩いているのを見かけたが、ハンスを彼らと結びつけるものは何もなく、誰からも連絡はなかったし、誰もハンスのことを気にしていなかった。二度、老いた校長が彼に親切な言葉をかけてくれ、ラテン語の教師や牧師も道で会うと好意的にうなずいてくれたが、実際のところ、ハンスはもう彼らとは関係のない人間だった。ハンスはもう、そのなかにあれこれ知識を詰め込める容器ではなかったし、さまざまな種を植えられる農地でもなかった。時間と心遣いを彼に向けることには、もはや意味がなかったのだ。

牧師が少しハンスの面倒を見てくれていたらよかったかもしれない。しかし、何をしてやればよかったのだろう？　彼が持っているものは学問もしくは学問への探究心であり、牧師はかつてハンスにそれを出し惜しみせず見せてやったのだ。そして、それ以上のものを牧師は持っていないのだった。ラテン語の知識は疑わしく、説教も有名な参考書を見て作っているが、苦しみ全般に対する善良なまなざしと親切な言葉を持っているので、苦しいときには人々が好んで相談に行く、というタイプの牧師ではなかった。ギーベンラートの父も、ハンスに対する怒りや失望を隠そうと努力はしていたものの、友人や慰めてくれる相手にはならなかった。

そういうわけで、ハンスは人々から見放され、愛されていないと感じ、小さな庭で日向に座ったり、森で横になったりして、夢を見たり、苦しい考えに耽ったりした。本を読むことも助けにはならなかった。読み始めるといつも頭と目が痛くなってしまうし、どの本を開いてもすぐに、神学校時代の幽霊とそこで感じた不安が目を覚ましてしまい、彼を息のつまる不吉な夢の世界の片隅に追いやり、燃えるようなまなざしで呪縛するのだった。

この苦難と孤独のなかで、病気の少年に対して別の幽霊が偽りの慰め手として近づき、ハンスにとって次第に信頼できる必要な存在となっていった。それは死についての考えだった。ピストルを手に入れたり、森のどこかに首吊り縄を持って行くのは簡単なことだった。ほとんど毎日、散歩の際にこの考えが脳裏に浮かんできた。彼は静かな場所を一つ一つ眺め、ここならよく死ねるだろうという場所をとうとう見つけ出し、最終的にそこを自分の死に場所に決めた。彼はくりかえしその場所に行き、そこに座ると、もうじき人々がここで自分の死体を見つけることになるのだ、と想像することで奇妙な喜びを覚えた。縄をかける枝も決まり、強度も試してあった。もはや妨げになることは何もなかった。ハンスはやや長い間隔をおきながら、父への短い手紙とヘルマン・ハイルナーへの非常に長い手紙とをしたためた。人々はそれを遺体のそばに発見することになるのだ。

自殺の準備と確信とは彼の心境に有益な影響を与えた。運命の枝の下に座りながら過ごした多くの時間のなかでは人生の圧迫が彼から去り、ほとんど喜ばしい気持ちが芽生えてきた。父親も彼の状態が改善したことに気づいた。ハンスは皮肉な満足感で、父親が息子の体調について喜んでいるのを見ていた。体調がよくなった原因は、もうすぐ自分が死ぬという確信があるからに過ぎないのに。

どうして自分がもうとっくにあの美しい枝にぶら下がっていないのか、ハンス自身にもわからなかった。考えはまとまり、彼の死は決定済み事項となっていて、そのことがさしあたり心地よくもあった。ハンスはこの最後の日々に、遠い旅行に出る前の人が好んでするように美しい陽の光や孤独な夢を味わいつくすことを、恥とは思わなかった。旅立つのはいつでもできる。準備はすべて整っていた。自発的にもう少し古い環境のなかにとどまり、彼の危険な決心にまったく気づいていない人々の顔を見るのは、ハンスにとってとりわけ苦い快楽だった。医者に会うたびに、「いまに見ていろ！」と思わずにはいられなかった。

運命はハンスに自分の暗い意図を喜ばせ、ハンスが毎日死の杯から何滴かの意欲と生きる力を汲み取っていく様子を見守っていた。この傷ついた若者が重要なわけではなかったが、彼があと少し人生の苦い甘さを味わってから命の輪が閉じるべきで、いまはまだ運命の計画から消えてしまうべきではなかった。

彼を追い詰める苦しい想像は稀になっていき、気だるい投げやりな態度や、苦痛のないぐったりした気分に取って代わられた。ハンスはその状態で何時間も何日も、考えることもなく過ごし、どうでもよさそうにあらぬ方向を眺め、ときおり夢遊病者のようだったり、子どもっぽくなったように見えた。あるとき彼は物憂くぼんやりした気分で小庭のモミの木の下に座り、ラテン語学校時代以来いままた思い浮かんだ古い歌を、無意識にハミングしていた。

ああ、おいらは疲れてる、
ああ、おいらはくたくただ、
財布も空っぽ、
袋にも一文無しさ。

ハンスはこの歌を古いメロディーに沿って歌い、二十回くりかえして歌ったときも何も考えていなかった。しかし父親は窓のそばに立ち、この歌を聴いて大きな衝撃を受けた。ドライな性格の父親にとっては、このように考えもなく、楽しそうに鈍感な歌を歌うなどということはまったく理解不可能だった。彼はため息をつきながら、これは望みのない精神衰弱のしるしだ、と解釈した。それ以来父親は少年をもっと不安そうに観察するようになり、ハンスのほうでももちろんそれに気づいて苦しんだが、それでもまだ縄を取り出してあの丈夫な枝を利用するまでには至らなかった。
その間に暑い季節がやってきた。州試験やかつての夏休みから、もう一年が過ぎてしまったのだ。ハンスはときおりそのことを考えた。しかし特別な感慨に耽ることはなかった。かなり感覚が鈍くなっていた。また釣りを始めたいと思ったが、父親にそれを頼む勇気はなかった。夕刻になると彼は毎日、川の上流の方に泳ぎに行っていた。その際にいつも監督官ゲスラーの小さな家のそばを通らなければいけなかったので、三年前に自分が憧れていたエンマ・ゲスラーがまた家に戻ってきていることを偶然発見した。ハンスは好奇心に駆られて何度か彼女の方を見やったが、彼女はもう以前ほど彼の気に入らなかった。かつては体のほっそりした、とても繊細な少女だったのが、いまでは成長し、ごつごつした動きで、子どもらしくないモダンな髪型をしていたが、そのおかげですっかりみっともなくなっていた。長いドレスも似合わなかったし、貴婦人のように見せようとする彼女の試みは、決定的に失敗していた。ハンスは彼女を滑稽だと思ったが、かつて彼女を見るたびにどれほど奇妙に甘く、暗く暖かい気持ちになったかを考えると、残念でもあった。そもそも当時はまったくいまと違っていた——すべてがもっとずっと素晴らしく、明るく、生き生きとしていたのだ！　もう長いこと、ラテン語や歴史、ギリシャ語、試験、神学校と頭痛以外のものに触れることがなかった。しかし当時は、メルヒェンや盗賊の話が載った本があったのだ。庭では自分で作った砕石風車が回っており、夜にはナショルトの門のところでリーゼが聞かせるとびきり風変わりな物語に耳を傾けることができた。あのころのハンスは一時期、ガリバルディとみんなから呼ばれている年取った隣人のグロースヨハンを強盗殺人を犯した人間だと思っていて、彼の夢を見たりしていたものだ。そして一年中、毎月、何かのことで喜んでいた。もうじき干草作りだとか、もうじきクローバーを刈るとか、最初の釣りや蟹のこと、ホップの収穫、プラムの木を揺すって実を落とすこと、ジャガイモ畑の葉を集めてする焚き火、脱穀の始まり、そしてその間の楽しい日曜日や祝日。あのころはまだ、ハンスを不思議な魔法でひきつけるたくさんのことがあった。家々、路地、階段、納屋の屋根裏、井戸、垣根、人間とあらゆる種類の動物が彼にとっては愛しく、よく見知ったものだったり、謎めいて人を誘うものだったりした。ホップを摘む際には彼も一緒に手伝い、大きな女の子たちが歌うのを聞いていた。それらの歌の歌詞は、たいていは笑い出したくなるほど滑稽だったが、いくつかは妙に嘆くような調子で、聞いていると喉が詰まってくるのだった。

すべては当時彼が気づかないうちに消えてしまい、終わってしまった。最初はリーゼのところで過ごす夜がなくなり、それから日曜の午前中にゴルトファレを捕まえることができなくなり、メルヒェンを読むことがなくなり、一つまた一つと、ついにはホップ摘みや庭の砕石風車まで。こうしたものはみんなどこに行ってしまったのだろう？

そして、この早熟な少年は、病気の日々に架空の第二幼年期を体験したのだった。学校の教師たちによって子ども時代を奪われた彼の精神は、突然ふくらんだ憧れとともに、あの美しく朦朧《もうろう》とした歳月に逃げ込み、魔法にかけられたように思い出の森の中をさまよったが、その思い出の強さや持続性は病気から来るものかもしれなかった。彼はその思い出を、以前現実にそれを体験したときと同じくらいの暖かさと情熱を持って追体験した。欺かれ、暴力的に奪われた子ども時代が、長いあいだ抑えられていた泉のように、彼のなかに突然あふれ出してきたのだった。

木の梢が切られると、その木は好んで根っこの方に新しい芽をつける。それと同様に、花盛りの時期に病気になり、損なわれてしまった魂は、しばしば人生の初めの春のような時期、予感に満ちた子ども時代に戻ってゆく。そこで新しい希望を発見し、中断されてしまった人生の糸を新たに結ぶことができるかのように。根っこに出てきた芽は潤いも多く、急速に成長する。しかしそれは見せかけの生命であって、決して一本の木になることはないのだ。

ハンス・ギーベンラートの場合も同じだった。それゆえ、子どもの国での彼の夢の道筋を少しだけ辿ってみることが必要だろう。

ギーベンラート家は古い石橋のそばにあって、非常に対照的な二つの道の角の部分に建っていた。家の住所がある方の道はこの町で一番長く広く上品な道路で、ゲルバー小路と呼ばれていた。もう一本の道の方は不意に上り坂になっていて、短くて細くみすぼらしい道で、看板に鷹の絵が使われていた食堂にちなんで「ツム・ファルケン（鷹亭へ）」と呼ばれていたが、その食堂はとても古く、とっくに潰れてしまっていた。

ゲルバー小路には善良で身持ちのいい古くからの市民が軒を連ねて暮らしていた。彼らの家は持ち家で、教会にも代々の墓所があり、庭も持っていた。庭は家の裏手で、険しい角度の段丘になっており、垣根は黄色いエニシダの花が咲く一八七〇年ごろに作られた鉄道用の土手にぶつかっていた。ゲルバー小路の上品さと競争できるのは、市が立つ広場くらいのものだった。広場には教会や州役場、裁判所、市庁舎、そして教区長の館などがあり、清潔感あふれる威厳のもと、都会的で気品のある印象を与えていた。ゲルバー小路には役所の建物はなかったが、美しい玄関の扉を備えた新旧の市民の住宅、美しく古風なこぢんまりとした家々、感じのよい明るい切妻屋根が立ち並んでおり、片側だけに住宅が並んでいることが、その通りに親しみやすさや、居心地のよさ、明るさなどを与えていた。道の反対側では角材の手すりのついた胸壁が、坂を下って川べりまで続いていた。

ゲルバー小路は長く広く、明るくてゆったりと上品だったが、「ツム・ファルケン」の方はそれとは正反対だった。ここには傾いた薄暗い家々が建っていて、それらの建物は漆喰も染みだらけでぼろぼろ、切妻も前に傾いていて、つぶれかけた帽子を思わせた。たくさんのひびが入り、修繕の跡がある扉や窓、ゆがんだ暖炉、壊れた雨《あま》樋《どい》。家々は互いに空間と光を奪い合い、道は狭くて不思議な曲がり方をし、永遠の薄暗さに包まれていた。雨の日や日没後はその薄暗さが、じっとりとした邪悪な闇に変わるのだった。あらゆる窓から、常に竿や紐に吊るした大量の洗濯物が干されていた。この通りは小さくみすぼらしかったが、それでもたくさんの家族がここに住んでいたし、おまけに転借人やベッドだけを借りている下宿人などもいたからである。斜めに傾き老朽化した家の隅々にまで人が住んでおり、貧困や悪徳、病気などがそこに居座っていた。この町のなかで、「ファルケン」にある数軒の家ほど、頻繁に警察や病院の厄介になっているところはなかった。チフスが発生したとすればそれは「ファルケン」のことだったし、殺人事件が起こるのもそこだった。町で強盗事件が起こったときにも、人々はまず「ファルケン」で犯人を探した。あちこち歩いている行商人が落ちぶれた場合の宿もこの通りにあった。そうした商人のなかにはおどけた磨き粉売りのホッテホッテやはさみ研ぎのアーダム・ヒッテルもいて、人々はあらゆる犯罪や悪事は彼らのせいだと噂していた。

小学生時代の初めごろ、ハンスはしょっちゅう「ファルケン」に遊びに行っていた。藁のようなブロンドの髪をし、ぼろぼろの服を着た一群のいかがわしい少年たちと一緒に、悪名高いロッテ・フローミュラーが語る殺人事件の話に耳を傾けた。この女性は小さな食堂の主人の前妻で、五年間刑務所に入っていたことがあった。かつては有名な美人で、工場勤めの男たちのなかに大勢の恋人を持ち、たびたびスキャンダルや傷害事件の原因になったことがあった。しかしいまでは孤独に暮らしており、工場が終わった後の夜の時間、コーヒーを淹れては人々に話を聞かせて過ごしていた。その際、玄関の戸は大きく開いておき、女たちや若い労働者のほかにも、敷居のところで近所の子どもたちの集団が、うっとりしたり怖がったりしながら彼女の話に耳を傾けるのだった。黒い石のかまどでは薬缶《やかん》の湯が沸いており、その横には獣脂のろうそくが灯《とも》って、青い石炭の火とともに、人で一杯の暗い部屋を怪しげな瞬きで照らし、聴衆の影を不気味な大きさで壁や天井に投げかけ、幽霊のような動きで満たしていた。

八歳だったハンスはここでフィンケンバイン兄弟と知り合いになり、父親の厳しい禁止にもかかわらず、約一年間、彼らと友だちづきあいをしていた。彼らはショルシュとエミールという名前で、この町の子どもたちのなかでも一番ずるがしこい子どもたちだった。果物を盗んだり、森でちょっとしたいたずらをすることで知られており、数々の器用な手業やいたずらの名人だった。彼らは鳥の卵や鉛の玉、カラスの雛やムクドリ、ウサギなどを売り歩き、禁止されている夜釣りを仕掛け、この町のあらゆる庭を自宅のように知りつくしていた。というのも、彼らに越えられないほどとがった垣根はなかったし、塀の上に貼り付けたガラスの破片も、彼らの侵入を防ぐほど密ではなかったからだ。

ハンスはとりわけ、「ファルケン」に住んでいるヘルマン・レヒテンハイルに親近感を覚えていた。彼は孤児で、病気持ちで早熟な、変わった子どもだった。片方の足が短すぎるのでいつも杖をつかなくてはならず、路地での遊びに加わることはできなかった。彼は細くて血の気のない苦しそうな顔をし、口には大人のような渋い表情が浮かび、顎はとがりすぎていた。ヘルマンはいろいろな手先の技を大変器用にこなすことができ、ことに釣りが大好きだったが、その情熱がハンスにも伝染したのだった。ハンスは当時釣りの許可証を持っていなかったが、それでも二人はこっそりと隠れて釣りをした。釣りが単なる楽しみだとしたら、密漁は最高の娯楽だった。足の曲がったレヒテンハイルはハンスに、竿の正しい切り方、馬の毛の編み方や紐の染め方、糸で輪を作る方法や釣り針の磨き方を教えてくれた。彼はハンスに、天候の見極め方、水の見方、水をぬかで濁らせる方法、正しい疑似餌の選び方や留め方なども教えてくれた。魚の種類の見分け方、釣り上げる際に魚の立てる音に耳を澄ますべきこと、釣り糸を正しい深さに保つこと。レヒテンハイルは言葉を使わずに、例を示したり、そばにいるだけで、釣竿の扱い方や、引いたり緩めたりする瞬間の繊細な感覚、そして緻密な釣りには絶対に必要な、手の不思議な鋭敏さを伝授してくれた。店で買うことができるきれいな釣竿やコルク、ガラス糸やあらゆる人工的な道具を彼は激しく軽蔑していて、自分の手ですべてを作り組み立てた釣竿でなければ釣りなんてできっこない、とハンスを説得した。

フィンケンバイン兄弟とは、ハンスは喧嘩別れしてしまった。物静かで足の不自由なレヒテンハイルの方は、争いもせずにハンスから去っていった。二月のある日、みすぼらしいベッドに体を横たえ、椅子に置いた洋服の上に松葉杖を載せたが、そのまま発熱し、まもなく静かに息を引き取ってしまったのだ。「ファルケン」小路の人々はすぐに彼のことを忘れた。ただハンスだけが長いあいだ、いい思い出として彼のことを記憶にとどめていた。

しかし、レヒテンハイルが亡くなっても、「ファルケン」の奇妙な住人たちが尽きたわけでは全然なかった。アルコール中毒のために解雇された郵便配達人のレッテラーを知らない者がいただろうか？　彼は二週間ごとに酔っ払って道路に寝たり、夜中に騒ぎを起こしたりしていた。しかし、それ以外の日には子どものようにおとなしく、いつも人がよさそうにニコニコ笑っていたのだ。彼は自分の楕円形の缶から嗅ぎタバコを出してハンスに嗅がせたり、ハンスが釣った魚をときおりねだったりした。もらった魚をバターで焼き、一緒に食べようとハンスを誘った。彼はガラスの目玉を入れたノスリ[14]の剥製と、か細い繊細な音色で時代遅れのダンス音楽を奏でる古い仕掛け時計を持っていた。それから、裸足で歩くときでもカフスボタンを付けていた、老修理工のポルシュを知らない者がいただろうか？　古い学校の厳しい田舎教師の息子である彼は、聖書の半分と、耳が一杯になるほどの格言と道徳的な教訓をそらんじることができた。しかし、このことも、雪のように白い髪も、彼があらゆる女たちの前で伊達男を演じ、しばしば酔っ払うのを妨げはしなかった。少し酔ったときなど、彼は好んでギーベンラート家の角の縁石に腰掛け、道行くすべての人を名指ししては、たっぷりと格言を聞かせるのだった。

「ハンス・ギーベンラート・ジュニア、信頼する若者よ、わしが言うことを聞きなさい！　ジーラッハは何と言っておる？　悪しき助言を与えず、したがって良心の呵責に悩まない者は幸いだ！　美しい木についた緑の葉がたくさん散っては出てくるのと、人間も同じである。たくさん死に、またたくさん生まれてくるのだ。さ、もう帰っていいぞ、アザラシくん」

この老ポルシュは、自らの敬虔な格言とは関係なく、幽霊や化け物についてのおぞましくて信じられないような話をたくさん知っていた。幽霊が出る場所をいろいろと知っており、いつも自分で自分の話を疑ったり信じたりして揺れ動いていた。彼はた

14　鷹の一種。

いてい疑わしそうに、大風呂敷を広げながら軽蔑的な調子で話し始め、まるで自分の話とその聴衆をからかっているようだったが、語っているうち次第に不安そうに身を屈め、声をどんどん低くしていって、静かで切迫した、身の毛がよだつようなささやき声で話し終えるのだった。

貧しいその小路はどれほどの不気味なこと、謎めいたこと、人の心を暗く惹きつけることなどを受けとめてきたことだろう！　この小路には、店をたたみ、荒廃した作業場も完全に人手に渡ってしまった錠前屋のブレンドルも住んでいた。彼は半日窓辺に座り、暗い顔つきで賑やかな路地を眺めていた。そして、ときおりぼろぼろの服を着て体の汚れた隣家の子どもを捕まえては、すさんだ意地の悪さで耳や髪の毛を引っ張り、体中に青あざができるほどつねって虐めるのだった。しかし彼はある日、家の階段で、亜鉛メッキの針金で首を吊って自殺し、その姿があまりにすさまじかったので、誰もその傍に近寄ることができなかった。ついに老修理工ポルシュが後方から、ブリキのはさみで針金を切った。すると舌をだらりと出した死体は前方に落下し、階段をごろごろと落ちて、恐怖に襲われている野次馬たちのまんなかに飛び込んだのだった。

明るく広いゲルバー小路から暗くて湿っぽい「ファルケン」に足を踏み入れるたびに、奇妙に息が詰まるような空気とともに甘美なぞっとする胸苦しさがハンスを襲った。それは好奇心や恐れ、良心の呵責や至福の冒険の予感などが交じり合ったものだった。「ファルケン」は、いまだにメルヒェンや奇跡や前代未聞のショッキングなできごとが起こりうる唯一の場所であり、魔法や幽霊が信じられ、本当らしく思える唯一の場所だった。そして、伝説やスキャンダラスなロイトリンゲンの通俗本を読むときと同じような、胸が痛むほどのめったにない恐怖を味わうことができる場所でもあった。ロイトリンゲンの通俗本は学校の教師に没収されてしまったが、その本では太陽のヴィルトルや皮はぎハンネス、ナイフのカール、駅馬車ミッヒェルや、同様のアンチヒーローや重犯罪人や冒険家たちの悪行とその罰について報告されているのだった。

しかし、「ファルケン」以外にももう一箇所、他とは違った場所、何かを体験したり聞いたりし、普通とは違う空間や暗い屋根裏で我を忘れることのできる場所があった。それは近くにある大きな皮なめし工場の、古い巨大な建物だった。そこでは薄暗い屋根裏に大きな動物の皮が掛けてあり、地下室には覆いをかぶせた溝や立ち入り禁止の通路があった。夜になるとリーゼが子どもたちみんなに、すてきなメルヒェンを聞かせてくれた。そこは「ファルケン」よりも静かで、親切で人間らしかったが、「ファルケン」に負けず劣らず謎めいていた。皮なめしの徒弟たちが溝や地下室や製革用の庭や砂を固めた床の上で行う処置は奇妙で独特だった。大きく口を開けている空間は、静かで不気味であると同時に魅力的でもあった。体が大きくて不機嫌な主人は人食い人種のように恐れられ怖がられていたが、リーゼの方は妖精のようにこの奇妙な家のなかを歩き回り、すべての子どもや鳥や猫や子犬の保護者であり母であった。彼女は善良そのもので、たくさんの不思議で珍しいメルヒェンや歌を知っていた。いまではとっくに疎遠になってしまったこうした世界のなかを、少年の思考や夢が動き回っていた。大きな失望と先の見込みのなさゆえに、彼は過去の楽しかった時代、まだ希望に満ちて、押し入ることのできない奥の方に恐ろしい危険や魔法をかけられた宝物やエメラルドの城を隠した巨大な魔法の森のような世界が未来に待ち受けていた時代に逃避しようとしていた。彼はほんのちょっとだけ、この荒野のなかに足を踏み入れてみたが、奇跡が起こる前に疲れてしまい、いまではまた謎めいた薄暗い入り口にたたずんでいるのだった。しかも今回は締め出された人間として、無為な好奇心を抱いて。ハンスは何度か、「ファルケン」を訪問してみた。昔ながらの薄暗がりがあり、昔からの悪臭や、見慣れた隅っこ、明かりのない階段があった。前と同じように白髪の男や女たちが家の戸口に座り、藁のようなブロンドの髪をした汚れた子どもたちが叫び声をあげて走り回っていた。修理工のポルシュは前よりももっと年をとり、もうハンスのことがわからなくなっていて、おずおずした挨拶にも嘲けるような不満の言葉で答えるだけだった。ガリバルディと呼ばれていたグロースヨハンは亡くなっており、ロッテ・フローミュラーももう故人だった。郵便配達人のレッテラーはまだいた。彼は男の子たちが自分の仕掛け時計を壊してしまったと嘆き、ハンスを嗅ぎタバコに誘い、それから金をせびろうとした。しまいに彼は、フィンケンバイン兄弟の話をして聞かせた。一人は葉巻工場で働き、まるでもう老人みたいに大酒を飲んでいる。もう一人は教会の献堂祭のときの刃傷沙汰の後で姿を消してしまい、もう一年も行方不明だ。こうした話すべてが、嘆かわしく惨めな印象を与えた。

ハンスは一度、夕方皮なめし工場に行ってみた。引っ張られるように門道を通り、湿っぽい中庭を歩いていった。まるでこの大きな古い建物のなかに彼の子ども時代が、失われたあらゆる喜びとともに隠されているかのように。

ゆがんだ敷居を越え、舗石を敷いた通路を通って、暗い階段のところに来た。手探りで、皮が広げてある土間に行き、鋭い皮の匂いを吸い込むと、突然昔の思い出が雲のように湧き出してきた。彼はそこを出ると裏庭へ行ったが、そこには皮を浸けておく溝と、柔らかくなった皮を掛けて乾かすための細くて背の高い足組みがあった。塀際のベンチにはちゃんとリーゼがいて、皮をむくための一籠のジャガイモと、彼女の話に耳を傾けている何人かの子どもたちを前にしていた。

ハンスは暗い戸口にたたずんで、耳を澄ましていた。夕闇が迫る皮なめし工場の庭を、大きな平安が満たしていた。そして、中庭の塀の向こうを流れている川のかすかな水音以外には、リーゼがジャガイモをむく際にナイフが立てる音と、物語を聞かせている声しか聞こえなかった。子どもたちは静かにしゃがんでおり、ほとんど身動きもしなかった。リーゼは聖クリストフォロの話をしていた。夜、子どもの声が川の向こうから彼を呼んだという話だ。ハンスはしばらく耳を傾けていたが、それから静かに暗い通路を戻ってゆき、家に帰った。子どもに戻って、夕方皮なめし工場でリーゼのそばに座ることはもう不可能なのだと感じていた。そしてそれからは皮なめし工場も「ファルケン」も避けるようになった。

第6章

すでに秋が深まっていた。黒いモミの森では、一本一本の落葉樹がたいまつのように黄や赤に輝き、渓谷には早くも濃い霧がかかっていた。川には、朝ごとに冷気のなかで霧がかかっていた。

顔色の悪い元神学生は相変わらず毎日外をうろうろして過ごしていた。気乗りがせず、疲れた様子で、自分にできたはずのちょっとした人付き合いからも逃げてばかりいた。医者は飲み薬や肝油、卵、冷水浴などを処方した。そうした治療に大した効果がないのも不思議ではなかった。健康な人生は、内容と目的を持たねばならない。若いギーベンラートにはそれが失われてしまったのだった。父親はいまでは、息子を書記にするか、手仕事を習わせようと決心していた。少年はまだ弱っていて、もう少し力をつける必要があったが、そろそろ彼の人生をまじめに検討することができそうだった。

最初の混乱した印象が弱まり、彼自身ももう自殺のことを考えなくなってから、ハンスは興奮した変わりやすい不安な状態から、安定した憂鬱な状態に移行し、抵抗もせずゆっくりと、柔らかい泥沼に沈むようにそのなかに潜りこんでいた。

いま彼は秋の野原を歩き回り、季節の影響を受けていた。秋の終わり、静かな落葉、牧草地も茶色になり、朝は濃い霧に覆われる。植物が熟れ、疲れて死んでいこうとする様子は、あらゆる少年同様ハンスをも、重苦しい悲観的な気分と悲しい考えへと追いやった。ハンスは植物とともに枯れてしまいたい、眠り込み死んでしまいたい、と願ったが、自分の若さがそれに抗い、静かな粘り強さで生に執着していることに苦しんだ。

彼は木々が黄色や茶色になり、葉を落としてゆくのを見守り、森から煙のように湧き出てくるミルクのように白い霧や、最後の果実の収穫後、生命の痕跡が消えてもはや誰も色とりどりに咲くアスターの花を探さなくなった庭園を眺めていた。川では水浴や釣りの季節は終わりを告げ、水面は枯葉で覆われ、霜の立つ岸辺にいるのはもはや、我慢強い皮なめしの職人たちだけだった。何日か前から、川には果汁の絞りかすがたくさん流れていた。ちょうどこの時期、圧搾場やいたるところの水車小屋で、人々は熱心に果汁を絞っていたのだ。町のなかでは、果汁の匂いが静かに熟しながら路地を漂っていた。下流の水車小屋では靴屋のフライク親方も圧搾機を借り、ハンスを果汁絞りに誘った。

水車小屋の前には大小の圧搾機や、台車、果実で一杯の籠や袋、桶、たらい、バケツ、樽などが置いてあり、山のような茶色い絞りかすや木の梃子《てこ》、手押し車、空の運搬車などがあった。圧搾機は作動しながらきしんだり、きいきい鳴ったり、うめいたり、甲高い音を立てたりしていた。たいていの圧搾機は緑に塗られていたが、その緑色と絞りかすの茶色がかった黄色、りんごの籠の色、明るい緑色の川面、裸足の子どもたちや澄んだ秋の太陽などが、それを見るすべての者に、喜びや、生きる意欲や生の充溢などの、魅力に満ちた印象を与えた。絞られるりんごが立てる音が鈍く響き、食欲を刺激した。ここにやってきてその音を聞いた者は、急いでりんごを手に取り、かじらずにはいられなかった。圧搾機の管からは、太い流れになって甘い新鮮な果汁が太陽の光のなかで笑うように流れ出してきていた。ここにやってきてそれを見た者は、グラスを所望して一杯試してみずにはいられなかった。飲んだ人は立ち止まり、目を潤ませ、甘い流れと心地よさが自分の体のなかを通ってゆくのを感じるのだった。この甘い果汁が、辺り一帯の空気を陽気で強烈な、おいしそうな香りで満たしていた。この香りは一年で一番すてきなもので、成熟と収穫の総仕上げだったし、この香りを近づきつつある冬の前に嗅げるのはよいことだった。これを嗅げば、感謝の思いとともに、たくさんのよいこと、すばらしいことを思い出すことができたのだ。穏やかな五月の雨、さらさらと降る夏の雨、冷たい秋の朝の露、優しい春の日光や、ぎらぎらと暑い夏の炎熱。白やバラ色に輝く花々や、赤茶色に熟れた収穫前の果樹の輝き。そしてその間に一年という時の流れがもたらしてくれた、すべてのすばらしいことや喜ばしいこと。

それはあらゆる人にとっての祝祭日だった。金持ちや威張り屋たちのうち、身分を気にせずにわざわざ出向いてきた人々は、自分たちの立派に大きく育ったりんごの重みを手で量り、一ダースかそれ以上もある袋を数え、携帯用の銀の杯で味見をし、みんなに向かってうちの果汁には水は一滴も加えていないんだと吹聴した。貧しい人々はたった一袋の果実を持ってきて、グラスや鉢で味見をし、水を加え、それでも金持ちに劣らず誇らしげで明るかった。何らかの理由でまったく果汁を絞れない人は、知り合いや隣人の圧搾機から圧搾機へと歩き回り、至るところでグラス一杯ずつ飲ませてもらったり、りんごをポケットに入れてもらったりしては、事情通らしい言葉を発して、自分もこうした事柄をよく理解しているのだということを示していた。しかし、たくさんの子どもたちは、貧しいと裕福とにかかわらず、小さな杯を持って走り回っており、手にはかじりかけのりんごと一切れのパンを持っていた。根拠のわからない言い伝えではあるが、昔から果汁絞りの際にちゃんとパンを食べれば、後で腹が痛くならないと言われているのだ。

たくさんの声が入り乱れ、子どもたちの大騒ぎぶりは言うまでもなかった。これらの声はすべて忙しそうで、興奮し、陽気そうだった。

「おいでよ、ハンネス、こっちへ！　ぼくのところへ！　グラスだけ持って！」

「せっかくだけど遠慮しとくよ、もう腹が痛いんだ」

「一ツェントナー[15]にいくら払ったんだい？」

「四マルクさ。だけどよかったよ。ほら、試してみろよ」

15　一ツェントナーは五十キログラム。

ときおりちょっとした不幸が起こった。りんごの袋が早く開きすぎて、りんごが全部地面に落ちてしまったりした。

「なんてこった、俺のりんごが！　あんたらも拾うの手伝ってくれよ！」

みんなが拾うのを手伝った。何人かのいたずらっ子だけが、こっそりりんごを持ち帰ろうとした。

「こっそり持ち出すんじゃない、このすれっからしが！　腹に入るだけ食べるのはいいが、持って帰るのはダメだ！　待てよ、グーテデル、この間抜け！」

「へえ、お隣のだんな、そんなに威張らんでくれよ！　充分試したでしょう！」

「蜂蜜のよう、まさに蜂蜜のようだ。どれだけ絞るおつもりで？」

「二樽ですよ、それ以上はしません。でも品質は悪くないですよ」

「夏のさなかに絞らないのはいいことですね。夏に絞ったらすぐに発酵しちゃうだろうからね」

今年も何人かの不機嫌な老人たちがいたが、彼らは果汁絞りに欠かせない人物だった。彼らはもう長いこと、自分では果汁を絞っていなかったが、何でもよく心得ており、果実をただみたいな値段で分けてくれたアンノ・ドゥバックの話をしていた。昔はすべてがずっと安くて品質もよくて、砂糖を加えるなんてことは全然しなかったし、そもそも木々も以前はもっと違う実のつけ方をした、というのだ。

「お前さん、もっと収穫の話をしたっていいんじゃねえか？　俺んちにもりんごの木があったが、一本で五ツェントナーの実をつけたもんよ」

しかし、悪い時代になったとは言いながら、不機嫌な老人たちは今年もたっぷりと味見を手伝い、まだ歯のある者は誰もがりんごをかじりながら歩いていた。一人の老人は大きな梨を無理やり何個か食べ、ひどい腹痛になっていた。

「言っとくがな」とその老人はくどくど語った、「昔ならこんな梨、十個は食っちまったもんさ」そして彼は胸の底からため息をつきながら、腹痛にもならずに十個の梨を食べられた時代のことを考えるのだった。

フライク親方は人ごみのまんなかに圧搾機を置き、年長の徒弟に手伝わせていた。バーデン産のりんごを使っていて、彼の絞る果汁はいつも最高の品質だった。親方は静かに満足していて、一口の「お試し」を誰に対しても拒むことはなかった。その周りを歩き回り、楽しそうに人ごみと一緒に動いている彼の子どもたちは、親方よりももっと満足していた。しかしながら、静かにではあっても一番満足していたのは年長の徒弟だったろう。こうして久しぶりに外で力いっぱい動いたり働いたりするのが、骨の髄まで心地よいのだった。というのもこの徒弟は北の森の貧しい農家の出身だったからだ。そして、りんごのすばらしい甘みも彼の体のなかに気持ちよく流れ込んでいた。農家の子どもらしい健康な顔は、道化のお面のような笑みを浮かべていた。靴屋の仕事をしている彼の両手は、日曜日よりもずっと清潔だった。

この広場に着いたとき、ハンス・ギーベンラートは静かで不安げだった。来たくはなかったのだ。しかし、最初の一絞りでもう彼に向かって杯が差し出され、しかも差し出してくれたのはナショルトのところのリーゼだった。ハンスは味見してみた。果汁を飲み込む際、甘く強い果汁の匂いとともに、以前に体験したたくさんの愉快な秋の思い出がよみがえってきた。それと同時に、もう一度少しくらいみんなと一緒に楽しんで、陽気に過ごしたいという控え目な願いが頭をもたげてきた。知人たちが彼に話しかけ、グラスが差し出され、ハンスがフライク親方の圧搾機のところにたどり着いたときには、みんなの明るさと差し出された飲み物がすでにハンスをとらえ、変化させていた。ハンスは愉快そうに靴屋の親方に挨拶し、果汁にまつわる有名なジョークをいくつか口にした。親方は驚きを隠して、ハンスを明るく歓迎した。

半時間が過ぎた。すると青いスカートをはいた女の子がやってきて、フライクと徒弟に笑いかけ、一緒に手伝い始めた。

「そうそう」と靴屋の親方は言った。「これはハイルブロンから来たうちの姪だ。この子はもちろん、これとは別の秋の行事になじんでいる。この子の故郷ではワイン用のぶどうがたくさん取れるからね」

彼女は十八歳から十九歳くらいで、きびきびとよく動き、低地の住民らしく陽気だった。それほど大柄ではないがしっかりした骨格で、ぽっちゃりしていた。丸い顔のなかで、暖かいまなざしの黒い目と、可愛らしい、キスしたくなるような口元が陽気で賢そうだった。結局のところ、彼女は健康で明るいハイルブロン女性には見えても、信心深い靴屋の親戚にはまったく見えなかった。彼女は完全に世俗的だったし、彼女の目も、毎晩毎夜、聖書やゴスナーの格言集を読むようには見えなかった。

ハンスは突然また心配になり、姪のエンマが行ってしまえばいいのにと切に願った。しかし彼女はそこに居残り、笑ったりしゃべったりし、どんな冗談にも気の利いた答えをするのだった。ハンスは恥じ入り、すっかり無口になってしまった。「あなた」

と呼ばなければいけない若い娘の相手をするのは、彼にとってどっちみちぞっとするようなことだった。それに彼女はとても元気でおしゃべりで、彼の存在も恥じらいも、まったく気にしていなかったので、彼はどうしていいかわからず、ちょっと侮辱された気分になって、車輪に触れた道端のカタツムリのように触角を引っ込めてしまい、殻に閉じこもった。無口なまま、退屈している振りをしたがうまくいかなかった。その代わり、たったいま誰かが死んだみたいな顔になってしまった。

誰もそれに気づく暇はなかったし、エンマ自身は全然気づかなかった。ハンスの耳に聞こえてきたところでは彼女は十四日前からフライク家に来ているそうだが、もう町中の人々と知り合いだった。誰かが通るたびにうろうろ歩き回り、新しい果汁を試し、冗談を言っては少し笑った。それからまた戻ってくると、一生懸命手伝っている振りをし、子どもたちの手を取り、りんごをプレゼントし、笑い声と陽気さを自分の周囲に撒き散らしていた。彼女は路地にたむろする少年たちが通るたびに「りんごほしい？」と呼びかけた。それから赤くて美しいりんごを一つ手に取ると、両手をスカートの後ろに隠し、「右か左か？」と当てさせた。しかしりんごはけっして、答えた方の手にはなく、相手が罵り始めると、彼女はようやくりんごを渡すのだったが、それは小さくて緑色のりんごだった。彼女はハンスのことも聞き知っているようで、いつも頭痛がしているのはあなたなの、と尋ねてきたが、ハンスが答えるより前に、もう隣にいた人との会話に巻き込まれてしまった。

ハンスはもう、こっそり姿を隠して家に帰ろうと思い始めていたが、そのときフライクがハンスの手にレバーを握らせた。

「さあ、少しやってみていいよ。エンマが手伝ってくれるから。作業場に行かなくちゃいけないんだ」

親方は行ってしまい、徒弟は親方夫人と果汁を運ぶように命じられた。ハンスはエンマと二人きりで圧搾機のところに残された。彼は歯を食いしばり、まるで仇でも討つみたいにむきになった。

どうしてこんなにレバーが重いのだろうと不思議になり、顔を上げてみると、エンマがからからと笑い出した。彼女はふざけてレバーに力をかけていたのだ。そしてハンスが憤ってふたたびレバーを引くと、彼女はまた同じことをした。

ハンスは何も言わなかった。しかし娘の体の向こうで抵抗しているレバーを押しながら、突然恥じ入って困惑した気分になり、押すのを次第にやめてしまった。甘い不安が彼を襲い、この若い女の子が彼の顔に向かってあけすけに図々しく笑いかけたとき、突然彼女が変わったように思えた。いままでよりも親しげでありながら異質な存在に思え、ハンスも少しだけ、不器用に親密な笑いを漏らした。

それからレバーはすっかり止まってしまった。

エンマは「あくせくするのはやめましょ」と言い、ちょうどいま自分が飲んで、半分だけ残っているグラスを差し出した。

この一口の果汁は非常に強烈で、それまでのものよりもずっと甘く思えた。それを飲み終えたとき、彼は次を要求するように空のグラスを眺め、これほど激しく心臓が脈打ち、呼吸が困難になったことに驚いた。

その後彼らはまた少し働いた。彼女のスカートが自分をかすり、彼女の手が自分の手に触れるように立ちながら、ハンスは自分が何をやっているのかわからなかった。しかし、こうした接触のたびごとに彼の胸は不安に満ちた喜びに高鳴り、心地よく甘い脱力感が彼を襲って、膝が少し震え、目がくらむようなざわめきが頭のなかで響いたのだった。

自分のしゃべっていることが彼にはわからなかったが、とにかく彼女と話し、質問に答え、彼女が笑うときに自分も笑い、彼女がばかげたことをした場合には指で脅したりもした。そしてさらに二杯、彼女が差し出してくれたグラスを飲み干した。と同時に、たくさんの思い出が彼の脳裏をよぎった。夜、男たちと一緒に家の戸口に立っていたのを見かけた女中たちのこと。物語の本に載っていたいくつかの文章や、あのころヘルマン・ハイルナーが自分にしたキスのこと。そして、「女の子」や「恋人ができたらどんなことをするか」についての、たくさんの言葉や物語や、生徒たちの漠然としたおしゃべり。ハンスの呼吸は、まるで山を登る老いぼれ馬のように荒くなった。

すべてが変わってしまった。周囲にいる人々やその行動は、色とりどりに笑いさざめく雲のような存在になってしまった。個々の声や悪態、笑い声などはぼんやりと濁ったざわめきになり、川と古い橋は、絵のなかの光景のように遠く見えていた。

エンマの外見も変化していた。ハンスはもう彼女の顔ではなく、ただ、黒くて明るい目や、赤い口、白くとがった歯などを見ていた。彼女の姿は溶けて流れてしまい、彼はその部分部分しか見ていなかった。黒い靴下をのぞかせている短靴が目についたと思えば、首筋に垂れた乱れた巻き毛が見え、青い生地のなかに隠れようとする陽に焼けた丸い首、皺のない肩と、その下で呼吸する窪みや、赤く光っている耳などが目に留まった。

しばらくの後、彼女はグラスを桶のなかに落とし、そちらの方に屈んだ。そのとき、桶の縁で彼女の膝がハンスの手首に押しつけられた。ハンスは彼女よりもゆっくりと身を屈め、彼の顔がほとんど彼女の髪の毛に触れそうになった。髪の毛からはほのかな香りがし、緩い巻き毛の影で美しい首筋が暖かく茶色に輝いていた。首から下は青い上着のなかに隠れていたが、その留め具の部分がぴんと張っているおかげで、隙間からまだ少し首筋の先が垣間見えるのだった。

彼女がまた体を起こしたとき、その膝がハンスの腕に沿って動き、髪が彼の頬をかすめ、彼女の顔は屈んでいたために真っ赤になっていた。それを見たハンスの全身に激しい衝撃が走った。彼は青ざめ、一瞬のあいだ深い深い疲労感に襲われたので、圧搾機のボルトにつかまって体を支えなければならないほどだった。心臓がぴくぴくと脈打ち、腕からは力が抜け、腕の付け根が痛くなった。

その後、彼はもうほとんど一言もしゃべらず、エンマと目を合わせるのを避けていた。その代わりに彼女が目を逸らすとすぐに彼女をじっと眺めたが、そこには未知の情欲と良心の呵責が入り混じっていた。このとき彼のなかで何かが引き裂かれ、遠く青い海岸を擁した新しい、知らない誘惑的な土地が彼の魂の前に広がった。自分のなかの恐れと情欲が何を意味するのか、彼はまだ知らず、わずかに予感するのみだった。苦悩と快感のどちらが自分のなかで大きいのかも、わからないでいた。快感は、若い愛の力の勝利と荒々しい人生の最初の予感を意味していた。そして苦悩はといえば、朝の平和が破られ、彼の魂が子どもの国を離れて、もう二度とそこに戻れないことを意味していた。彼の軽い小船はぎりぎりのところで最初の難破を逃れたが、いまや新しい嵐にとらえられ、口を開けて待っている深淵と、危険な絶壁のそばにやってきたのだった。最もよい指導を受けた青年でさえ、そこを通り抜ける方法を教えてくれる案内人は持たず、自らの力で道と救いを見出すほかはないのだ。

徒弟が戻ってきて、圧搾機のところにいた二人と交代してくれたのは好都合だった。ハンスはまだしばらくそこに残っていた。エンマとの接触か、彼女からの親切な言葉をまだ期待していた。しかし、彼女はまたよその圧搾機のところでぺちゃくちゃおしゃべりしていた。ハンスは徒弟に見られるのが恥ずかしかったので、十五分ほど経ってからさよならも言わずにそっと姿を消して帰途についた。

すべてが奇妙に変わっていた。美しく、感動的だったのだ。絞りかすで腹をふくらませた雀たちが騒ぎながら空を飛び交っていたが、その空はこれまでになかったほど高く美しく、憧れを掻き立てるような青色だった。川がこれほどきれいに、青緑色に笑いかけながら風景を映していたことはなかったし、堰がこれほどまぶしく白く泡立っていたこともなかった。すべてが可愛らしい絵のようで、透明の新しいガラス板の向こうで新しく描かれたかのように見えた。すべてが大きな祝祭の始まりを待っているように見えた。ハンスは自分の胸中にも、威圧的で強くて長い、甘い感情のうねりを感じていた。不思議と大胆な感情が、異常にぎらぎらした期待や、あれは夢に過ぎず、けっして現実にはならないのでは、という疑いにとらえられた内気な不安と一緒になっていた。このように分裂した思いがふくらんで、彼を暗く駆り立てる泉となっていたが、それはまるで、何かあまりにも強すぎるものが彼のなかで自立して、空気を求めているような気持ち、すすり泣いたり、歌ったり叫んだり、大声で笑ったりしかねない気持ちだった。家に着いてようやく、この興奮は少し和らいだ。家ではすべてがいつもと変わりなかった。

「どこに行ってきた？」とギーベンラート氏が尋ねた。

「フライク親方と水車のところにいたんです」

「どれくらい絞ったんだ?」

「二樽だと思います」

父親が果汁を絞るときにはフライクの子どもたちを招待してくれるよう、ハンスは頼んだ。

「もちろんだよ」と父はつぶやいた。「うちは来週の予定だ。子どもたちを連れておいで!」

夕食まではまだ一時間あった。ハンスは庭に出た。二本のモミの木以外は、もうあまり緑は残っていなかった。彼はヘーゼルナッツの小枝を一本むしりとり、空中で振り回してぶんぶんいわせたり、枯れた葉をつついてみたりした。太陽はもう山の向こう側にあった。黒々とした山の輪郭に、モミの木の頂が一本一本正確に浮かび上がり、しっとりと澄み切った青緑の夕刻の空を区切っていた。横に長く伸びた灰色の雲が、黄色や茶色の照り返しを受けて、帰港する船のようにゆっくりと心地よさそうに、薄い黄金の空気を貫いて谷の上方へ流れていた。

成熟し、さまざまな色合いに満ちた夕刻の美に、彼にしては珍しく感動しながら、ハンスは庭を歩き回っていた。ときおり立ち止まり、目を閉じて、エンマの姿を思い浮かべようとした。彼女が圧搾機のところで自分に向かい合って立っていた様子、自分のグラスから果汁を飲ませてくれたこと、桶の上に屈み、顔を紅潮させてまた身を起こしたところ。彼女の髪、ぴったりした青い服に包まれた姿、首、黒っぽい髪で茶色の影ができた首筋。すべてが彼を情欲と身震いで満たした。ただ、彼女の顔だけはもはやまったく思い出せなかった。太陽が沈んでもハンスは寒さを覚えず、どんどん濃くなっていく闇が、名前のわからない秘密に満ちたヴェールであるかのように感じられた。ハイルブロンの女性に自分が恋をしたことは理解したものの、血のなかで目覚めつつある男性的な作用は、自分をいらいらさせて疲れさせる不慣れな状態として漠然と感じ取ることしかできなかった。

夕食のとき、自分の中身は変わってしまっているのに昔から慣れ親しんだ人々のなかに座っているのが、彼にはなんだか奇妙な感じだった。父親、老女中、テーブル、道具類、そして部屋全体が突然古くなったように思えた。まるでたったいま長い旅行から帰ってきた人のように、ハンスはすべてを驚きとよそよしさと愛情を込めて眺めていた。かつて自殺用の枝を探していたころは、同じ人々や物を、去りゆく者の痛ましい優越感とともに見ていたのだが、いまや彼は帰還し、驚き微笑し、失ったものをあらためて所有したのだった。

すでに食事を終え、ちょうど席を立とうとしたとき、父親が彼らしく言葉少なに訊いた。

「ハンス、お前は機械工になりたいかね、それとも書記がいいかね？」

「どうして？」とハンスは驚いて尋ねた。

「来週末、機械工の親方に弟子入りするか、再来週、役場に見習いに行くといいよ。よく考えなさい！　明日、それについて話をしよう」

ハンスは立ち上がり、部屋を出て行った。突然の質問が彼を困惑させ、目をくらませていた。予期せぬ具合に、もう何か月も遠ざかっていた活動的で生き生きとした日常生活が目の前に立ちふさがり、こちらを誘うような脅すような様子で、何かを約束したり要求したりしていた。正直なところ、機械工にも書記にもなりたくはなかった。職人の厳しい肉体労働は、彼を少し怖がらせた。しかしそこで、機械工になった学校友だちのアウグストのことが思い浮かんだ。彼にならば尋ねてみることができそうだ。

そのことについて考えているあいだに、イメージはぼんやりと色あせてきて、事柄はそれほど急を要するわけではなく重要でもない気がしてきた。何か別のものが彼を駆り立て、彼の心を占めていた。ハンスは落ち着かずに玄関を行ったり来たりしていたが、突然帽子を手に取り、家を出てゆっくりと外の路地に出て行った。今日中にもう一度エンマに会わなくてはいけない、と思いついたのだ。

外はもう暗かった。近くの食堂からは叫び声やかすれた歌声が響いてきた。いくつもの窓に明かりが灯っていた。あそこに一つ、またそこに一つ、と次々に灯《ひ》が灯り、暗い空中にかすかな赤い光を投げかけていた。若い娘たちが腕を組んで長い列を作り、大きな声で笑ったりしゃべったりしながら陽気に路地を散歩していた。不確かな光のなかを揺れ動き、若さと快楽とでできた暖かい大波のように、まどろみに沈む路地を歩いて行く。ハンスは長いあいだ彼女たちを見送っていた。心臓が首に届きそうなくらい激しく脈打っていた。レースのカーテンがかかった窓の向こうで誰かがヴァイオリンを演奏していた。井戸端では一人の女がサラダ菜を洗っていた。橋の上を二人の若者が恋人を連れて散歩していた。一人は女の子の手を軽く握り、彼女の腕をぶらぶら動かしながら葉巻を吸っていた。もう一組はぴったり寄り添いながらゆっくりと歩いていて、若者が娘の腰を抱き、娘は自分の肩と頭をしっかり彼の胸に押し付けていた。ハンスはこれまで百回もそんな光景を見たことがあり、特に注意を払いもしてこなかった。しかしいまではその光景にはひそかな意義が与えられ、はっきりとはしないが、みだらな甘い意味が加わった。ハンスのまなざしは彼らの上に向けられ、彼の空想はある予感とともに、間もなく訪れるはずの理解へと向かっていった。困惑し、心の底から動揺しながら、ハンスは自分が大きな秘密に近づいているのを感じた。それがすばらしいことなのか恐ろしいことなのか彼は知らず、しかし震えながらその両方をすでに予感しているのだった。

フライクの小さな家の前でハンスは立ち止まったが、なかに入る勇気はなかった。なかで何をし、何を言うべきなのだろう？　十一歳か十二歳の少年だったころ、自分がしばしばこの家に来ていたことを考えずにはいられなかった。ここに来るとフライク親方が聖書の話を聞かせてくれ、地獄や悪魔や霊について、ハンスが好奇心に駆られて立て続けに質問するのに答えてくれたのだ。こうした思い出は居心地が悪く、ハンスに良心の咎めを感じさせた。彼は自分のしたいことがわからなかった。そもそも何を願っていたのかさえわからなかったが、何か秘密めいたこと、禁じられたことの前に立っているような気がした。家に入りもせず闇のなかで戸口に立っているのは、靴屋の親方に対して正しくない、と思えた。もし彼がこうして立っているのを親方が見かけたら、あるいはいま親方が戸口から出てきたとしたら、非難するよりもむしろ大笑いするだろうし、ハンスはそれを一番恐れていた。

彼はこっそりと家の裏手に回り、明かりがついた居間を庭の生垣のところから覗き込むことができた。親方の姿は見えなかった。奥さんが何かを縫《ぬ》うか繕《つくろ》うかしており、一番上の男の子はまだ起きていて、テーブルで本を読んでいた。エンマはどうやら片づけをしているらしく、あっちへ行ったりこっちへ行ったりしており、ほんの一瞬ずつしか姿が見えなかった。とても静かだったので、路地を一歩一歩歩く音や、庭の向こうで静かに流れている川の音もはっきりと聞こえた。急速に闇が濃さを増し、夜の冷気も強まってきた。

居間の窓の横にもっと小さな玄関の窓があり、そこは暗かった。かなり時間が経ったころ、この小窓にぼんやりとした人影が現れ、外に乗り出して闇のなかを見つめていた。ハンスはその姿を見て、エンマだとわかった。臆病な期待で心臓が止まりそうになった。彼女は窓のところに立ち続け、長いこと静かにこちらを眺めていたが、ハンスには彼女が自分を見て認識しているのかどうか、わからなかった。彼はぴくりとも動かず、漠然としたためらいとともに、気づいてくれるのではないかと期待すると同時に恐れつつ、じっと彼女の方を見続けていた。

ぼんやりとした人影は窓から姿を消し、そのすぐ後で小さな庭の戸がきしむ音がし、エンマが家の外に現れた。ハンスは最初ぎょっとして逃げようとしたが、なすすべもなく生垣にもたれて立ち、彼女がゆっくりと自分に向かって暗い庭を横切ってくるのを見ていた。その一歩ごとに逃げ出したくなったが、何かそれよりも強い気持ちが彼をそこに引き止めていた。

いまやエンマは彼のまん前、半歩も離れていない場所に立っており、二人のあいだには低い生垣だけがあった。彼女はハンスを注意深く、奇妙な感じで見つめていた。しばらくはどちらも言葉を発しなかった。それから、彼女が静かに尋ねた。

「あんた、何がしたいの?」

「何も」とハンスは言った。彼女の「あんた」という親しげな呼びかけに、肌をそっと撫でられたような気がした。

彼女は垣根越しに彼の方に手を伸ばした。ハンスはおずおずと優しくその手を取り、しばらく握っていたが、彼女が手を引かなかったことに気づき、勇気を出して、娘の温かい手をそっと慎重に撫でた。そして彼女がそれでもまだ喜んでハンスに手を委ねていたので、その手を自分の頬に押し当てた。こみ上げてくる欲望、不思議な温かさ、幸福な疲労感が洪水のように彼を襲い、自分の周りの空気が生暖かく、南風のように湿っている気がした。彼はもう路地も庭も見ず、近くにある白い顔と、もつれた黒っぽい髪の毛だけを見ていた。そして、娘が「キスしてくれない？」と小さな声で彼に尋ねたとき、その声はずっと遠い夜の彼方から響いてくるように思えた。

白い顔が近づいてきた。体の重みで柵が少し外側にたわんだ。ほのかな香りのする髪が、ハンスの額を撫でた。閉じた目の、白くて幅広いまぶたと黒っぽいまつげが、彼の目のすぐ前にあった。おずおずと唇で彼女の口に触れたとき、彼の体を激しい身震いが襲った。彼は震えながら身を引こうとしたが、彼女は両手で彼の頭をしっかりと抱えて自分の顔を彼の顔に押し付け、唇を離れさせようとしなかった。彼女の口が燃えているように感じられた。その口がハンスの命を飲み干そうとするようにしっかりと押しつけられ、貪欲に吸いついているのを彼は感じた。

彼は深い脱力感に襲われた。見知らぬ唇が自分から離れていく以前にもう、体中を震わせる欲望が、死ぬほどの疲れと苦痛に変わっていった。そしてエンマが彼から身を離すと、ハンスはふらふらして痙攣するようにこわばった指で生垣にしがみついた。「ねえ、明日の夜また来てちょうだいね」とエンマは言い、家のなかに戻っていった。彼女は五分と外に出ていなかったのだが、ハンスには長い時間が経過したように思えた。彼は生気のなくなったまなざしで彼女を見送り、いまだに生垣の柵にしがみついていたが、一歩も歩けないくらい疲れを感じていた。夢うつつで、自分の脈が不規則で痛みに満ちた流れになって心臓から送り出され、また心臓に戻っていきながら呼吸を乱れさせ、頭のなかでがんがん響いているのを聞いていた。

家のなかで部屋のドアが開き、まだ作業場にいたらしい親方が入ってくるのが見えた。気づかれてしまうのではないかという恐れにとらわれて、ハンスはその場から逃げ出した。彼は少し酔っ払った人間のようにゆっくりと、おぼつかない足取りで不承不承歩いていった。一歩ごとにがっくりと膝をついて倒れずにはいられないような気持ちだった。眠気を誘う切妻屋根や曇った赤い窓枠が、色あせた書割りのように彼のそばを横切っていき、橋や川や農家や庭などが通り過ぎていった。ゲルバー小路の噴水は奇妙に大きな音を響かせていた。ハンスは夢遊病者のように門を開き、真っ暗な廊下を通って階段を上がり、ドアを開け、ドアを閉め、さらにもう一つのドアを開き、そこにある机に向かって座ったが、いくらか時間が過ぎてからようやく、自宅で自分の部屋に座っているという感覚がよみがえってきた。服を脱ぐ決心ができるまで、またしばらくの時間がかかった。彼はぼんやりと服を脱ぎ、そのまま窓際に座っていたが、突然秋の夜の冷気を感じて布団のなかに入った。

彼はすぐに眠ってしまわなければいけないと思っていた。しかし、ベッドに横になって少し暖まってくると、再び胸の鼓動が高まり、血が不規則に力強く頭に上ってきた。目を閉じるやいなや、エンマの口がまだ自分の口に貼りついて魂を吸い取り、体を火照《ほて》らせて責め苛《さいな》むように思えた。

夜遅くなってようやく眠りに落ち、夢から夢へとせわしなく逃亡した。ハンスは夢のなかで不安になるほど濃い闇のなかに立っており、あたりを手探りするとエンマの腕があった。彼女は彼を抱きしめ、二人は一緒にゆっくりと、暖かく深い洪水のなかに落ちていった。すると靴屋の親方が突然そこに立っており、どうしてうちに来なくなったのかと尋ねた。ハンスは笑わざるを得ず、そのとき相手がフライクではなくてヘルマン・ハイルナーなのに気がついた。彼はマウルブロンの祈禱室でハンスの脇の窓台に腰掛けており、冗談を言っていた。しかしすぐにこの場面も消えてしまって、彼は果汁の圧搾機のところに立っており、エンマがレバーを動かせないように邪魔しているので、全力でそれに抵抗しているのだった。彼女は体をこちらに屈め、ハンスの口を求めた。静かになり、真っ暗になって、彼はまた暖かく暗い深みに沈んでいったが、めまいと死の恐怖で死にそうだった。と同時に校長の演説が聞こえてきたが、自分が話題になっているのかどうかはわからなかった。

その後、彼は朝まで眠った。よく晴れたすばらしい日だった。ハンスは長いこと庭を行ったり来たりして、目を覚まして頭をすっきりさせようと努力したが、粘っこく眠たげな霧に囲まれていた。彼は庭で今年最後の花である紫色のアスターが、まだ八月であるかのように美しく笑いながら日向に咲き誇っているのを見た。それから、枯れた小枝や細枝、葉のない蔓などの周りで暖かく優しい光が、まるで春になる前のように心をくすぐる優美さであふれているのを見た。しかしハンスはただそれを目にしただけであって、じっくりと感じたわけではなかった。それらは彼と関わりのないことだった。ウサギがこの庭を跳ね回り、自分で作った水車や小さな砕石装置がまだ壊れていなかったころの思い出が、突然はっきりと強く彼をとらえた。三年前の九月のことを思い出さずにはいられなかった。セダン[16]の戦いを記念する祭りの前日だった。アウグストがツタの葉を持ってやってきた。彼らは明日の祭りのことを話し、それを楽しみにしながら、旗竿をぴかぴかに洗い、竿の先端の黄金の部分にツタを固定した。それ以外に何もなく、何かが起こったわけでもなかったが、二人は祭りを楽しみにし、大きな喜びに包まれており、旗は日光に輝き、アンナはスモモのケーキを焼いてくれた。そして、夜になったら高い岩の上にセダンの火が焚かれることになっていた。

どうしてよりによって今日、あの夜のことを思い出したのか、ハンスにはわからなかった。この思い出がどうしてこんなに美しく力強いのか、どうしてこの記憶が彼をこんなにも惨めで悲しくさせるのか、ということも。この思い出の姿を借りて幼年期と少年時代が、自分に別れを告げ、かつて存在したが二度と戻ってはこない大きな幸福の棘《とげ》を残していくためにもう一度楽しげに笑いながら眼前によみがえったのだということを、彼は知らなかった。彼はただ、この思い出がエンマや昨夜のことについての考えとは相容れず、かつての幸福とは両立しない何かが自分のなかで目覚めたのを感じただけだった。ハンスは黄金の竿の先端がまた光るのを見たように思い、友人のアウグストが笑う声を聞き、焼きたてのケーキの匂いを嗅いだように思った。すべてがとても明るく幸せで、遠く離れ、手の届かないものになってしまっていたので、彼は大きな赤モミのざらざらした幹にもたれ、絶望的になってすすり泣き始めたが、それは一瞬彼に慰めを与え、救いをもたらしてくれた。

正午になると彼はアウグストのところに行った。アウグストはいまでは一番格上の見習いになっており、すっかり太って背も高くなっていた。ハンスは彼に、機械工になることに関する相談を持ちかけた。

「こいつは大変な仕事だぜ」とアウグストは言い、世慣れた顔をした。「大変なんだぜ。お前はずいぶん弱虫だからな。最初の一年は鉄を鍛えながら叩くのが仕事だ。だけどハンマーはスープ用の匙《さじ》じゃないからな。鉄をあちこちに運んで、夕方には片付けなくちゃいけない。やすりをかけるのだって力がいるし、おまけにお前がちょっとは使い物になるまでは、古いやすりしか使わせてもらえなくて、これがまた役に立たない、猿の尻みたいにつるつるの代物なのさ」

16 セダンはフランスの工業都市。一八七〇年、ドイツ統一のきっかけとなった普仏戦争の際に、この地で激しい戦いがあった。

ハンスはすぐに気おくれしてしまった。

「じゃあやめた方がいいかな？」ハンスはおずおずと尋ねた。

「なんだよ、そんなこた言ってねえぜ！　びくびくすんなよ！　ただ、最初は楽じゃねえってことさ。だけど慣れてしまえば――機械工ってのはすてきな仕事だぜ。わかるかい、頭だってよくなくちゃできねえんだ。バカな奴は蹄鉄工にでもなるっきゃない。まあ見てみろよ！」

アウグストはぴかぴか光る鉄鋼製の、丁寧に加工された機械の小部品を持ってきてハンスに見せた。

「そう、これなんか半ミリでも狂っちゃいけないんだ。ネジに至るまで全部手作りなんだぜ。気をつけてやらなくちゃいけねえ！　こいつはこれから磨いて鍛えて、そしたらやっと完成なんだ」

「きれいだね。ぼくにもやり方がわかればなあ――」

アウグストは笑った。

「不安なのか？　まあ、見習いはしごかれるし、そんなときは勉強も役に立たねえ。だけど俺だっているわけだし、そんなときは助けてやるよ。次の金曜日から始めるんだったら、俺はちょうど見習いの二年目を終えることになって、土曜日には初めて週給がもらえるんだ。日曜日にはそれを祝うことになってるから、ビールやケーキをおごるぜ。みんな来るし、お前も来れば、俺たちのところがどんなだかわかるってことさ。ひとつ、見てみろよ！　それに俺たち、前から親友だったじゃないか」

食事のとき、ハンスは父親に、自分は機械工になりたいと告げ、一週間後に働き始めてもいいかどうか尋ねた。

「それがいい」と父親は言い、午後ハンスと一緒にシューラーの作業場に行って、彼の弟子入りを申し込んだ。

しかし夕暮れが迫ってくると、ハンスはこうしたことをすべて忘れてしまった。頭のなかにあるのは、夜、エンマが自分を待っているということだけだった。いまからもう呼吸が止まりそうだった。時間が経つのが遅すぎたり早すぎたりした。急流を乗り越えようとする船乗りのように、ハンスはエンマとの出会いに気持ちを向けていた。この晩の夕食など問題にならなかった。ハンスは牛乳を一杯飲むのがやっとだった。

それから彼は出かけていった。

すべてが昨日と同じだった――人を眠り込ませるような暗い路地、赤い窓、街灯の薄明かり、ゆっくりとそぞろ歩いている恋人たち。

靴屋の庭の生垣で、ハンスはひどく心配になった。物音がするたびに縮み上がり、闇のなかに立って耳を澄ましている自分が泥棒のように感じられた。しかし何分もしないうちにもうエンマが彼の前に来ていて、両手で彼の髪を撫で、庭門を彼のために開いた。ハンスは用心深くなかに入った。エンマは彼の手を引き、茂みに囲まれた道を静かに歩いて行くと、裏口から暗い家の廊下に入った。

二人はそこで、地下室へ下りる階段の最上段に腰を下ろした。暗闇のなかでお互いの姿をなんとか見ることができるようになるまで、しばらく時間がかかった。エンマは上機嫌で、声をひそめてひっきりなしにしゃべり続けていた。彼女はもう何度も男とキスをしたことがあり、恋にまつわる事柄にも通じていた。恥ずかしがり屋で優しい少年ハンスは、彼女には都合のいい相手だったのだ。彼女はハンスのほっそりした顔を両手ではさむと、額や目や頬にキスした。また口にキスする段になり、昨日のように吸いつくような長いキスをされると、少年はめまいに襲われ、ぐったりと腑抜けのように彼女にもたれた。彼女は小さな声で笑い、彼の耳を引っ張った。

彼女は相変わらずしゃべり続け、彼はそれを聞きながら、内容は理解していなかった。彼女は手で彼の腕をさすり、髪や首や両手を撫でた。彼の頬に自分の頬をつけ、彼の肩に頭をもたせかけた。ハンスは押し黙り、すべてされるがままになっていた。甘い恐怖と内心の幸福な不安に満たされ、ときおり発熱した者のように短く静かに身をすくめながら。

「なんて可愛い人なの！」と彼女は笑った。「ほんとに初心《うぶ》なのね」

そういって彼女はハンスの手を取ると、自分の首筋や髪に触らせ、胸の上に置くとぎゅっと押しつけた。彼は柔らかい乳房の形と甘い未知の興奮を感じて目を閉じ、底知れぬ深みに沈んでゆくような気がしていた。

「ダメだよ！　もうそれ以上は！」エンマがまたキスしようとしたとき、彼は抵抗しながら言った。彼女は笑った。彼を近くに引き寄せると彼の脇腹を自分の脇腹に押しつけ、彼の体に腕を回したので、ハンスは彼女の肉体を感じて頭がぼうっとなってしまい、もう何も言うことができなかった。

「わたしのこと、好き？」彼女が尋ねた。

ハンスは「うん」と言いたかったが、うなずくことしかできず、しばらくのあいだ、うなずき続けていた。

彼女はもう一度彼の手を取り、冗談ぽくその手を自分の胴着のなかに押し込んだ。他人の脈拍と呼吸を熱く身近に感じて、彼の心臓は止まりそうになり、あまりにも息が苦しくなって、もう死ぬのではないかと思った。彼は手を引き抜くと、うめいた。

「ぼく、もう家に帰らなくちゃ」立ち上がろうとするとめまいがして、もうちょっとで地下室への階段を転げ落ちるところだった。

「どうしたのよ?」エンマが驚いて尋ねた。

「わからない。すごく疲れたんだ」

彼女が庭門まで支えていってくれ、自分にぴったり体を押し付けていたことを、彼はもはや感じなかった。そして、彼女の「おやすみ」という言葉や、自分の背後で小さな戸を閉めた音も、聞いていなかった。彼は路地を通って家路をたどったが、どうやって歩いているのかわからなかった。まるで、大嵐が彼をさらっていったか、大波が上下しながら彼を運んでいったかのようだった。

左右に並ぶ色あせた家々が見えた。その上に山の背やモミの梢、暗い夜空と、大きくて静かな星がある。風を感じ、橋脚の脇を川が流れてゆくのが聞こえた。そして、川面に庭や色あせた家々、夜空や街灯、星などが映っているのが見えた。

橋の上で腰を下ろさずにはいられなかった。それほど疲れており、もう家にたどり着けないように思ったのだ。ハンスは欄干《らんかん》に腰掛け、川の水が橋脚にぶつかり、堰のところで泡立ち、水車の塵除け格子のところでオルガンのような音楽を奏でているのに耳を澄ました。両手は冷たく、胸や喉ではつまったり勢いづいたりしながら血液が流れ、彼の目の前を暗くし、それからまた突然波のように心臓に向かっていた。頭のなかはめまいでくらくらしていた。

彼は家に着き、自分の部屋に入り、すぐに寝入った。夢のなかでは恐ろしい空間を通って、深みから深みへとさまよっていた。真夜中に彼は苦々しい気持ちで、疲れ切って目を覚ました。そうして朝まで、寝たり覚めたりしながら横になっていた。焼けつくような憧れに満たされ、制御できない力によって絶えずあちこちに投げ出されながら。ようやく空が白むころに、苦しみと困惑が長い嗚咽になって爆発し、その後涙に濡れた枕の上で彼がもう一度眠り込んでしまうまで。

第7章

ギーベンラート氏は威厳を保ちながら、がたがたと音を立てて果汁の圧搾機のそばで立ち働き、ハンスはそれを手伝っていた。靴屋の子どもたちのうち二人が招待に応じてやってきて、りんごにかぶりついたり、一緒に小さな試飲グラスで果汁を飲んだりした。子どもたちは手に、とんでもなく大きな黒パンを何切れも握っていた。しかし、エンマはやってこなかった。

父親が樽職人と一緒に半時間席を外したとき、ハンスはようやく思い切って彼女のことを尋ねた。

「エンマはどうしたの？　一緒に来たがらなかったのかい？」

小さな子どもたちが口を空っぽにしてしゃべることができるようになるまで、しばらく時間がかかった。

「エンマは発ったんだよ」と彼らは言い、うなずいた。

「発った？　発ったって、どこへ？」

「家に帰ったんだよ」

「もう行ってしまったのかい？　鉄道で？」子どもたちはうんうんとうなずいた。

「いつ？」

「今朝だよ」

子どもたちはまたりんごをつかんだ。ハンスは圧搾機をあちこち押し、果汁が入った桶を見つめながら、ゆっくりと事態を理解していった。

父親が戻ってきて、みんなはまた仕事をしたり笑ったりした。子どもたちはお礼を言うと走り去っていった。夕方になり、ハンスたちも家に帰った。

夕食の後、ハンスは一人で自分の部屋に座っていた。十時になり十一時になったが、明かりはつけなかった。それから彼は長く深く眠った。

いつもより遅い時間に目が覚めたハンスには、漠然とした不幸と喪失の感覚だけがあったが、それからまたエンマのことを思い出した。彼女は挨拶も、別れの言葉もなく発ってしまった。その前の晩にハンスが訪れたとき、自分がいつ発つかということは疑いなくわかっていたはずなのに。彼はエンマの笑い声やキス、彼女が余裕たっぷりに身を委ねてきたことなどを思い出した。彼女はハンスのことを本気で相手にしてはいなかったのだ。

そのことについての腹立たしい痛みとともに、彼のなかで興奮させられたまま鎮まることのない愛の思いから来る心の乱れが、ぼんやりとした苦悩へと変わっていき、彼を家から庭へ、路上へ、森へ、そしてまた家へと駆り立てた。

こうしてハンスは、もしかしたらあまりにも早く、愛の秘密を彼なりに体験してしまった。その秘密は彼にとって、ほとんど甘い体験とはいえず、苦いものを多く含んでいた。大胆な嘆きと、憧れに満ちた思い出と、慰めのない悩みの日々。胸の鼓動と息苦しさのせいで眠れなくなったり、圧迫感のある恐ろしい夢のなかに落ち込んだりした夜。夢のなかでは、理解できないような彼の血の高まりが、恐ろしく不安にさせる物語の絵とか、死ぬ程巻きついてくる腕とか、熱い目をした空想の動物とか、めまいを起こさせるような深淵とか、巨大な燃える目などに変化した。目を覚ますと自分が一人ぼっちで、秋の夜の冷たい孤独に包まれていることがわかり、恋人への憧れに苦しみ、涙で濡らした枕にうめきながら顔を押し付けるのだった。

彼が機械工の作業場に勤め始めることになる金曜日が近づいていた。父親はハンスに青い麻の作業服と青いウール混の帽子を買ってくれた。彼はそれを試着してみて、工員の制服を着た自分を、以前とはすっかり変わってしまって、かなり滑稽だと感じた。学校や校長先生の家、数学教師の家やフライクの作業場、牧師館のそばなどを通り過ぎるときには、惨めな気分になった。あれほど難儀して、熱心にがんばり汗を流したのに。小さな楽しみをあれほど犠牲にし、誇りや名誉心を持ち、希望に満ち溢れた夢を見ていたのに、すべてが無駄だった。すべてはいまになって、同級生より遅れ、みんなに笑われながら、一番下の見習いとなって作業場に入るためだったのか！

ハイルナーだったらこのことについて、なんて言うだろう？

ハンスはそれでも次第に青い機械工の制服になじんできて、それを初めて着ることになる金曜日を、少し楽しみにし始めた。少なくともまた何か体験できるのだから！

しかし、こうした考えは、黒雲からすばやく光る稲妻以上のものではなかった。エンマが発ってしまったことを彼は忘れなかった。それ以上に、彼の血はここ数日間の刺激を忘れたり克服したりすることができなかった。何かが押し寄せてきて、「もっと多く」と叫び、目覚めさせられてしまった憧れの解決と、自分一人では解くことが難しい謎を解明してくれる指導者を求めていた。そうやって鈍重に、苦しくなるほどゆっくりと、時間が過ぎていった。

その年の秋はこれまでになく美しかった。穏やかな陽光にあふれ、早朝は銀色、昼はとりどりの色が笑いかけ、夜は澄み切っていた。遠くの山々はビロードのような深い青色になった。栗の木は黄金色に輝いていた。そして、塀や生垣の上には紫色の野葡萄がぶら下がっていた。

ハンスは絶え間なく自分から逃げていた。日中、彼は町や野原を歩き回り、人々に会うのを避けた。自分の恋の悩みに気づかれるに違いない、と思ったからだった。しかし夜になると路地を歩き、どの女中のこともじろじろと眺め、気の毒なほどの良心の咎めを感じながら、恋人たちの後をつけて歩いた。エンマと一緒のときには欲望に値するあらゆるものと、人生のあらゆる魔法が身近にあったのに、それらがまた陰険に滑り落ちていってしまったように思えた。彼はもはや、彼女がそばにいたときに感じた苦しみや不安のことは考えなかった。もしいま再び彼女を手に入れたら、もう恥じらったりしないで、彼女からすべての秘密をもぎ取り、魔法をかけられた愛の庭に侵入するつもりだった。その庭の戸は、ハンスの鼻先で閉められてしまったのだったが。彼のすべての空想は暑苦しく危険なもつれ合いのなかに入り込み、おずおずとそのなかをさ迷っていた。そして、頑固に自分を苦しめ続け、この狭い魔法の輪の外には美しく広々とした空間が明るく親しげに広がっているのに、それを知ろうともしなかった。

最初は不安とともに待ち受けていた金曜日がやってきて、ハンスも結局は嬉しい気持ちになった。朝、時間通りに新しい青い作業服を着ると、帽子をかぶり、いくらかおどおどしながらゲルバー小路を下ってシューラーの家の方に行った。何人かの知り合いが彼を珍しそうに眺め、そのうちの一人は「なんだお前、工員になったのか?」と尋ねた。

作業場では、すぐにてきぱきと仕事が始まった。親方はちょうど鍛冶仕事の途中だった。真っ赤に焼けた鉄が鉄床《かなとこ》の上に載っており、徒弟が重たいハンマーを持ってきた。親方は繊細に叩いて形を作ると、ペンチを使い、合間に鍛冶用の小型ハンマーで調子よく鉄床の上を叩いた。その音は、広く開け放った扉から明るく陽気に、外の朝の空気のなかに響いていった。

油や、やすりの削りカスなどで黒ずんだ細長い作業台のそばには年長の徒弟が立っており、その隣にアウグストがいて、二人とも万力で仕事をしていた。天井ではベルトがすばやく動きながらうなり声を上げており、そのベルトが旋盤や砥石やふいごやドリルに動力を送っていた。ここでは水力が使われているのだ。新入りの仲間に向かってアウグストがうなずき、親方の手が空くまで扉のところで待っているように、と彼に合図した。

ハンスはおずおずと、炉や、静止している旋盤や、音を立てているベルトやぴかぴか光る空転滑車を眺めていた。親方は製品を仕上げてしまうと、ハンスのところにやってきて、大きくて硬く暖かい手を差し出した。

「あそこに帽子をかけなさい」と親方は言い、壁の何もかかっていない釘を指差した。「さあ、おいで。ここがお前の場所で、お前の万力だ」

こう言いながら親方は一番後ろの万力のところにハンスを連れて行き、どうしたら万力を扱えるか、どうやったら工具が載った作業台をきちんとしておけるかを示した。

「お前がヘラクレスのような力持ちでないってことは、もうお父さんから聞いているよ。それは見た目でもわかる。まあ、もっと力がつくまで、しばらくは鍛冶仕事はやらなくていいよ」

親方は作業台の下に手を入れると、鋳鉄製の歯車を取り出した。

「さあ、これで仕事をしてごらん。この歯車はまだ鋳造したてで粗くて、いたるところに小さな突起やまくれがある。それを削り取るんだ。そうしないと、後になって精密機械に悪い影響が出るからな」

親方はその歯車を万力に固定し、古いやすりを持ってくると、どうやったらいいか手本を見せた。

「さあ、じゃあやってごらん。だが別のやすりを使っちゃダメだ！ 昼までたっぷり仕事をして、できたものを見せるんだ。仕事中は、言われたこと以外は何も気にするなよ。見習いは、考え事なんかする必要はないんだ」

ハンスはやすりをかけ始めた。

「やめろ！」と親方が叫んだ。「そうじゃない。左手をこうやってやすりの上に置くんだ。それともお前は左利きか？」

「いいえ」

「それならいい。そのうちできるだろう」

親方は扉のすぐそばにある自分の万力のところに歩いていった。ハンスはうまくできるように努力した。

最初にやすりをかけたとき、鋳鉄が柔らかくて簡単に削れるのに驚いた。しかし、そうやって簡単にはがれ落ちるのは一番表面のもろい層であって、その下に、平らにすべき硬い鉄の部分があるのがわかった。ハンスは集中して、熱心に働いた。自分の手で何か目に見えるもの、役に立つものができていくのを見るのは、子どものときの工作遊び以来だった。

「もっとゆっくり！」親方が、こちらに向かって叫んだ。「やすりをかけるときはリズムを一定にするんだ。一、二、一、二、だ。ここを押して。そうしないとやすりがダメになる」

そのとき一番年長の徒弟が旋盤で仕事をし始めた。ハンスはそちらをこっそりと盗み見ずにはいられなかった。鋼鉄製の栓が盤にはめ込まれ、ベルトが駆動した。栓はピカピカ光りながら忙しく回転し、その間に徒弟は髪の毛のように細い、光る細片をそこから削り取った。

いたるところに道具が置いてあった。鉄の塊や、鋼鉄や真鍮。作りかけの製品や、ぴかぴかの小さな歯車、鑿《のみ》やドリル、鋼鉄製の円盤やさまざまな形の錐《きり》。鍛冶場の横にはハンマーやのしハンマー、鉄床つかみ、ペンチ、はんだ鏝《ごて》が掛けられており、壁に沿ってやすりや切削盤が一列に並び、棚には油を拭くための雑巾や小さな箒、砂やすり、鉄のこぎりが置いてあり、油の缶や酢酸のビン、釘やネジの箱などがあった。砥石が絶えず使われていた。

ハンスはひそかに満足しながら、自分の両手がもうすっかり黒くなっているのを認めた。そして、自分の作業服も早く着古した感じになればいいのにと思った。他の徒弟たちの黒くしみだらけの服の横で、ハンスの制服はいまはまだ、滑稽なほど新しく、青かったのだ。

午前の時間が過ぎて行くにつれ、作業場も外からの人の出入りが激しくなってきた。近所のニット工場から、機械の小部品にやすりをかけてくれとか、修理してくれといって労働者たちがやってきた。一人の農民がやってきて、修繕に出してあった洗濯物の仕上げローラーはどうなったかと尋ね、まだ仕上がっていないと聞くとひどく悪態をついた。それから品のいい工場主がやってきて、親方と隣の部屋で商談をした。

その間に、人間と歯車とベルトは同じように働き続けた。そうやってハンスは、生まれて初めて、労働の尊さを理解したのだった。それは、少なくとも初心者にとっては、感動的で、心地よく陶酔させてくれるものを含んでいた。ハンスは自分という小さな人間とちっぽけな人生が、大きなリズムのなかに組み込まれるのを見た。

九時になると、十五分の休みがあった。誰もがパンを一切れと、グラスに一杯のりんごジュースをもらった。ようやくいまになって、アウグストは新入りに挨拶した。彼はハンスに励ましの言葉をかけ、初めての給料で同僚たちと楽しむ予定になっている今度の日曜日のことを、また嬉しそうに話し始めた。ハンスは、自分がいま加工しているのはどんな種類の歯車なのかと尋ね、塔の時計の部品だと説明してもらった。アウグストはハンスに、それが完成後どうやって動き、どんな働きをするかを示そうとしたが、そのとき年長の徒弟がまたやすりがけを始めたので、みんなも急いで持ち場に戻った。

十時から十一時のあいだになると、ハンスは疲れてきた。膝と右腕が少し痛かった。ハンスは一方の足からもう一方へ体重を移し、ひそかに手足を伸ばそうとしたが、それほど助けにはならなかった。そこで彼は一瞬やすりから手を離し、万力で体を支えた。彼に注意を払う者はいなかった。そこに立って一息入れ、頭上でベルトが鳴るのを聞いていると、軽い脱力感に襲われて、彼は一分間、目を閉じていた。するとそのとき、親方が後ろに立った。

「おや、どうしたんだ？　もう疲れたのか？」

「はい、少し」とハンスは正直に言った。

徒弟たちが笑った。

「そういうこともあるさ」と親方は穏やかに言った。「じゃあいまは、はんだ付けのやり方を見ておくといい。おいで！」

ハンスははんだ付けを興味深く眺めた。まず鏝《こて》が温められ、はんだ付けをする箇所にはんだ液が塗られる。その後、熱い鏝から白い金属が滴り落ち、小さくしゅっと音を立てた。

「雑巾を持ってきてよくこすり取るんだ。はんだ液は金属を腐食させるから、つけたままにしておいてはいけない」

その後でハンスはまた自分の万力の前に戻り、やすりで歯車の周りをこすった。腕が痛くなり、やすりの上に置くように言われた左手も赤くなって痛み始めた。

正午に、年長の徒弟がやすりを置いて手を洗いに行くと、ハンスは自分の作品を親方のところに持っていった。親方はそれをちらりと見た。

「もういいぞ、このままで。お前の作業台の下の箱に、もう一つ同じ歯車が入っている。午後はそれにやすりをかけるんだ」

そこでハンスも手を洗って外に出た。食事のために一時間の自由時間があった。かつての同級生で商人の見習いをしているのが二人、路上で後ろからついてきて、ハンスを笑いものにした。「州試験工員！」と一人が叫んだ。

ハンスは歩を早めた。自分でも、満足しているのかいないのかわからなかった。作業場は気に入ったが、とても疲れていた。どうしようもないほど疲れてしまったのだった。

そして、座って食事ができることを楽しみにしながら、自宅の玄関口で彼は突然エンマのことを考えずにはいられなかった。午前中ずっと忘れていたのに。いまやふたたび、昨日と一昨日の苦しみが、これまでになかったほど重く彼の首筋にのしかかってきた。彼は静かに自分の部屋に入ると、ベッドに身を投げ出し、深い苦悩にうめいた。泣きたかったけれど、目は乾いたままだった。絶望しながら、自分がまたしても、身をやつれさせる憧れにとらわれてしまったことを悟った。対象が自分にもわからないまま、その憧れは恐ろしい病気のように彼を食い尽くすのだった。頭のなかが荒れ狂い、痛くなってきた。むせび泣きを押し殺していたら、喉も痛くなった。

昼食は苦痛だった。ハンスは父親と話をし、報告し、いくつものちょっとしたジョークに反応しなくてはならなかった。父親は上機嫌だったのだ。食べ終わるか終わらないうちに、ハンスは庭に出て、そこで十五分ほど、陽に当たりながらぼんやりして過ごした。それからもう、作業場に戻る時間になった。

午前中だけでもうハンスの両手には赤いまめができていたが、いまではそれが本格的に痛くなり、夕方にはもう、何をつかんでも痛みを感じるほどふくれ上がっていた。終業前にはアウグストの指導のもと、作業場全体を片付けなくてはいけなかった。

土曜日はもっとひどかった。両手は燃えるように痛んだ。まめは大きくなって水ぶくれになっていた。親方は機嫌が悪く、ちょっとしたことで悪態をついた。まめが痛むのは二、三日だけだ、とアウグストが慰めてくれた。そうしたら両手が硬くなってもう何も感じなくなるんだ、と。しかしハンスはひどく不幸に感じて、一日中時計ばかり盗み見ていたし、やけっぱちになりながら歯車の周りをこすっていた。

夕方になるとアウグストがひそひそ声で、明日は何人かの同僚たちとビーラッハへ行くのだ、と伝えた。陽気に楽しく過ごす予定だし、お前も絶対に来なくっちゃいけない。二時にうちに来てくれ。ハンスは行くと答えた。ほんとうなら日曜日にはずっと家にいたかった。それほどみじめな気分で、疲れていたのだ。家では、老アンナが彼の傷ついた両手のために軟膏を出してくれた。ハンスは八時にベッドに入ると、翌日の朝遅くまでずっと寝ていたので、父親と教会に行くために急いで支度しなくてはいけなかった。

昼食のとき、彼はアウグストについて話し始め、今日は彼と一緒に遠出するのだといった。父親は何も反対せず、それどころか五十ペニヒくれて、ただし夕食までには帰るようにと念を押した。

美しい陽光を浴びながら路地をぶらぶら歩いているとき、ハンスはここ何か月かで初めて、また日曜日が楽しくなった。平日を黒い手と疲れた体で過ごした後だと、外は普段より晴れがましい雰囲気で、太陽はいつもより明るく、すべてがお祭りのようで美しかった。ハンスにもいまでは家の前の陽当たりのよいベンチに座って王様のように明るい顔をしている肉屋や皮なめし屋、パン屋や鍛冶屋の気持ちが理解できた。彼はもう、それらの人々をみじめな俗物などとは思わなかった。彼は労働者や徒弟、見習いたちを振り返った。彼らは並んで散歩したり、食堂に入ったりしていた。帽子を頭の上で少し斜めにずらし、シャツの襟は白く、しっかりとブラシをかけた一張羅を着ていた。いつも必ずというわけではないが、たいていは職人は職人、つまり指物師は指物師、左官屋は左官屋で一緒に固まり、自分たちの職業の名誉を守っていた。そのなかでも職工は一番品のいいグループで、その最上位にいるのが機械工だった。これらすべてにはどこかなつかしい雰囲気があった。そして少しナイーブで滑稽なところがあったとしても、こうしたことの背後には職人という仕事の美しさと誇りが隠されていた。それは今日でもいまだに喜ばしく優れたものを提示しているし、一番みすぼらしい仕立て屋の見習いにさえも、工場労働者や商人にはない小さな輝きを与えるのだった。

シューラーの家の前に若い機械工たちが落ち着いて誇り高く立ち、道行く人たちにうなずきかけたりお互いにしゃべったりしているのを見ると、彼らがしっかりとした共同体を作り上げており、日曜日のお楽しみのときにもよそ者を必要としないことが見てとれるのだった。

ハンスはそう感じると、彼らの一員であることを嬉しく思った。しかし、予定されているお楽しみに関しては小さな不安もあった。というのも、機械工たちのお遊びでは、大々的にとことんまでやるというのを知っていたからだ。ダンスまでするかもしれなかった。ハンスはダンスができなかった。しかし、できる限り男らしくし、必要とあらばちょっとした二日酔いにも耐えるつもりだった。たくさんビールを飲むのには慣れていなかった。葉巻だって、なんとか醜態をさらさずに、一本を用心深く最後まで吸うのがやっとだった。

アウグストは晴れ晴れと嬉しそうな様子でハンスを出迎えた。年長の徒弟は一緒に来ないけれど、他の作業場の仲間が代わりに来るから、少なくとも四人は集まるわけで、それだけで村中をあっと言わせるには充分なんだ、とアウグストは説明した。ビールはきょうは好きなだけ飲んでもらっていいんだ、俺がみんな払うから。彼はハンスに葉巻を勧めた。それから四人はゆっくり動き始め、町のなかをゆるりと歩き回った後、時間通りにビーラッハに着けるように、道を下ったリンデン広場のところでようやく歩を早めた。

川面は青や金や白などの色にきらきらと輝いていた。ほとんど葉を落としてしまった楓《かえで》やアカシアの並木越しに、穏やかな十月の太陽が地上を暖めていた。高い空には雲一つなかった。それは、過ぎ去った夏のあらゆる美しさが、屈託のないほほえましい思い出のように穏やかな空気を満たす、静かで純粋でやさしい秋の一日だった。そんな日には子どもたちは季節を忘れ、野山に花を探しに行かなくちゃ、などと思う。そして、年をとった男や女たちは、物思いに耽る目で、窓辺や家の前のベンチから空中に目を向けるのだった。というのも彼らには、その年のよい思い出だけではなく、経過した全人生のよい思い出が、はっきりと澄んだ青空に浮かんでいるように思えたからだ。若者たちはしかし上機嫌で、才能や気分に応じてそのすばらしい日をほめたたえた。ある者は酒を飲み、ある者は狩猟の獲物を捧げて、歌や踊り、酒宴や派手な殴り合いによって。というのもいたるところで新鮮なフルーツケーキが焼かれ、採れたてのりんご果汁やワインがいままさに発酵しながら地下室に貯蔵されており、居酒屋の前やリンデン広場などで奏でられるヴァイオリンやハーモニカが今年最後のすばらしい天気の日々を祝い、踊ったり歌ったり愛の戯れをするように、人々を誘っていたからだ。

若者たちは急ぎ足で歩いていった。ハンスは見かけは平気そうに葉巻を吸っていたが、気分がいいので自分でも驚いていた。徒弟は自分が遍歴の修業をしたときのことを話したが、大口をたたいても誰もからかったりしなかった。修業話には誇張がつきものだったから。控えめな徒弟でさえ、職についてからは、証人さえいなければ自分の遍歴時代のことを大げさで陽気な、伝説的な調子で語りだすものだ。職人の若者の生活についての不思議な物語は、民衆の共同財産ともいえるもので、一人一人の話から、昔ながらの伝統的な冒険談を新しいバリエーションで語り直すものであり、その話に登場する安宿の客や浮浪者などは、現代に生き続けるオイレンシュピーゲル[17]や無宿者の一部なのだ。

「俺が当時滞在していたフランクフルトではな、なんとまあ、すごい生活があったもんよ！　贅沢好きなサルみたいな金持ちの商人が、俺の親方の娘と結婚したがった話はしたっけ？　だけど娘は断っちまった。その男より俺の方を好きだったんでね。彼女は四か月間、俺の恋人だった。そして、俺が親方といざこざさえ起こさなかったら、いまごろはまだフランクフルトにいて、婿の座に納まってたはずなんだよ」

それから彼はさらに、どうやってその親方、つまりは愚かな野郎が、自分を苦しめようとしたかを話した。魂を売り飛ばしたあの惨めな親方は、あるとき思い切って俺を殴ろうとしやがったんだ。だがそこで俺は一言も言わずにハンマーを振り回してあいつをにらんでやった。そしたら親方は黙って行っちまった。自分の頭が大事だったからな。そして、後になって文書で俺を解雇しやがった。あの臆病者め。それからその徒弟は、オッフェンブルクでの大立ち回りについて話した。あのときには三人の職工が――俺もその一人だったが――七人の工場労働者を叩きのめして半殺しにしたんだ。オッフェンブルクに行ったら、のっぽのショルシュに尋ねるといい。奴はまだあそこにいて、当時一緒に闘った仲なんだから。

こうした話はすべて、クールで野蛮な調子で語られたが、そこには内面的な熱さや喜びも大いに含まれていた。誰もが満足してその話に耳を傾け、この話をいつかどこかで、別の仲間たちに聞かせてやろうとひそかに思うのだった。どんな職工でも一度は親方の娘を恋人にし、一度はハンマーで悪い親方に打ちかかり、一度は七人の労働者をさんざん叩きのめすことになっていたのだ。話の舞台はバーデンになったり、ヘッセンだったりスイスだったりする。また、振り上げるのはハンマーの代わりにやすりだったり、真っ赤に燃えた鉄だったりする。叩きのめす相手も労働者の代わりに

17　中世の遍歴職人で、各地でいたずらをしたという有名なキャラクター。

パン屋だったり仕立て屋だったりするのだった。しかし、それはいつも古い話の焼き直しであり、人々はそれをくりかえし喜んで聞いた。それは昔から語られてきた罪のない話で、同業者にとっては名誉なことだったからだ。だからといって、今日でも遍歴の職人たちのなかに特別な体験をする者や天才的な発見をする者――この両者は基本的には同じことなのだが――がいないということにはならない。

アウグストはとりわけ夢中になり、満足していた。絶えず笑ったりうなずいたりして、もう半分徒弟になったような気になり、他人を見下すような遊び人の雰囲気で、タバコの煙を金色に染まった空気のなかに吐き出したりしていた。話をした男はその後も自分の役割を演じた。彼にとっては、自分がそこにいることが、人の好いお付き合いであることをわからせるのが重要だったからだ。というのも、本来なら徒弟は日曜日に見習いたちと遊んだりするものではなく、下っ端の金で酒を飲むなどは、恥じ入って然るべきだったからだ。彼らは州道を、川の下流に向かってかなり長く歩いていった。ゆっくりと上りになり、曲がりながら山の上に続く小さな車道を行くか、険しいけれど距離は半分になる歩道を行くか、選択しなければいけなかった。彼らは、遠回りだし埃っぽくはあるが車道を行くことにした。歩道は平日用、あるいは散歩する紳士方のためのものだ。しかし一般の民衆は、とりわけ日曜日には、ロマンがまだ失われていない車道を行くことを好むのだった。険しい歩道を登るのは、都会から来た自然愛好家向きだ。それは労働かスポーツであって、民衆の楽しみではなかった。それにひきかえ車道では、話しながら楽々と前に進むことができ、ブーツや晴れ着も汚さずにすんだ。車や馬も見ることができたし、他の歩行者に出会ったり追いついたりすることもできた。おしゃれした娘たちや、歌っている若者たちの一群にも遭遇した。そこでは誰かが背後からジョークを叫び、言われた者は笑いながらそれに応酬する。人々は立ち止まったりしゃべったり、ときには娘たちの列についていったり、からかったりする。あるいは仲間たちとの個人的な夜のいさかいを、行動に移して殴り合ったり、折り合いをつけたりもできるのだった！　職人の若者たちはそんなに愚かではない。愉快で心地よく、出会いの多い車道を歩道と取り替えたりなど、町の小市民はめったにしないのだった。

そういうわけで彼らは、時間がたっぷりあって汗をかきたくない人間のように、車用に整備された道を歩いていった。道は大きなカーブを描いてゆるやかに、感じよく、上り坂になっていた。徒弟は上着を脱ぎ、それを杖に引っ掛けて肩に担いだ。話をする代わりに彼は人目をはばからず楽しそうに口笛を吹き始め、一時間後にビーラッハに着くまでずっと吹いていた。ハンスについて、何度か当てこすりを言う者がいたが、ハンスはそれほど気にせず、むしろアウグストの方が熱心に防戦に当たっていた。そうするうちに、ビーラッハが目前に迫っていた。

その村では赤いレンガ屋根や灰銀色のわらぶき屋根の家々が、秋らしく色づいた果樹のあいだに点在していた。村の後方には黒っぽい山の森がそびえ立っていた。どの居酒屋に入るかで、若者たちは意見が一致しなかった。「錨屋《いかり》」には一番いいビールがあったが、ケーキが一番おいしいのは「白鳥亭」だった。「角屋」の亭主には美しい娘がいた。しまいにはアウグストが意見を通し、「錨屋」に行くことにしよう、と言った。そうして片目をつぶりながら、ビールを何杯か飲むあいだに「角屋」がなくなることはないだろうし、後でまだ行けるさ、とほのめかした。みんなはそれに同意し、村に入ると、家畜小屋やゼラニウムの鉢植えで飾られた農家の低い窓のそばを通って、「錨屋」を目指した。「錨屋」の黄金色の看板が二本の若くて丸い栗の木の向こうで、てかてか光りながら人々を誘っていた。例の徒弟はぜひ店のなかに座りたいと思っていたが、残念ながら酒場はもう満員で、彼らは庭に席を取らなくてはいけなかった。

「錨屋」は、客たちの考えでは上品な店だった。農民向けの古い居酒屋ではなく、近代的なレンガの四角い建物で、窓が多すぎるくらいだった。ベンチの代わりに椅子があり、ブリキ製の広告板がたくさん掛かっており、都会的な服装をしたウェイトレスが一人いた。店の主人はけっしてシャツ姿になることはなく、常に流行に合わせた茶色いスーツをきちんと着こなしていた。彼は本当は破産していたのだが、彼の主たる債権者である大きなビール醸造工場の持ち主からかつての自宅を借り受けて商売しており、それ以来、前よりも上品になっていた。庭は一本のアカシアの木と、野生のブドウで半分以上覆われた大きな針金格子から成っていた。

「乾杯、諸君！」と例の徒弟が言い、三人全員とジョッキを合わせた。そして自分の優位を見せつけるために、一息で飲み干した。

「よう、きれいなお嬢さん、これ何も入ってなかったよ。すぐにもう一杯持ってきて！」彼はウェイトレスに向かって叫び、テーブル越しにジョッキを差し出した。

ビールは上等でよく冷えており、苦すぎることもなかった。ハンスは自分のジョッキを楽しく味わいながら飲んだ。アウグストは通人ぶって飲み、舌鼓を打ち、その合間に壊れたストーブのようにたくさんタバコを吸ったので、ハンスは静かに感嘆していた。

こうして陽気な日曜日を過ごし、当然の権利がある人間のように居酒屋のテーブルに座って、人生やバカ騒ぎについての心得がある人たちと一緒にいるのもそんなに悪いことではなかった。一緒に笑ったり、ときに思い切ってジョークを言ってみたりするのも楽しかった。ジョッキを飲み干した後でどしんとテーブルに置き、「お嬢さん、もう一杯！」と屈託なく叫ぶのは、すてきだし男らしいことだった。他のテーブルにいる知り合いに向かってうなずいて見せたり、火が消えて冷たくなった両切りの葉巻を左手にぶら下げ、他のみんなと同じように帽子を首筋にずらすのも、気持ちのいいことだった。

一緒に来た他の作業場の徒弟もだんだん打ち解けて、話をし始めた。俺はビールをジョッキに二十杯も飲むことのできたウルム在住の工員の話を聞いたことがある。ウルム産の上等のビールだ。それを飲み切ってしまうと、彼は口元を拭き、こう言ったそうだ。「さあ、じゃあもう一本、上等のワインを飲むとするか！」カンシュタットで、皮がパリパリのソーセージを十二本、次々に平らげて賭けに勝ったボイラーマンを見たこともある。でも二回目の賭けでは彼は負けた。無謀にも、小さな食堂のメニューを全部平らげてみせる、という賭けをしたのだ。そしてほとんどすべて食べ切ったのだが、メニューの最後にさまざまな種類のチーズが出てきて、三個目のチーズを食べているとき、彼は皿を押しのけて、こう言った。「あと一口でも食べるよりは死ぬ方がましだ！」

この話も大いに受けた。そして、地上にはあちこちに、そうした粘り強い飲み手や食べ手がいることがわかった。誰もがそうした英雄や、その人の快挙について語ることができたからだ。一人の場合には「シュトゥットガルトの男」だったし、他の人の場合には「たしかルートヴィヒスブルクにいた一人の竜騎兵」とのことだった。平らげたのはあるときは十七個のジャガイモ、あるときはサラダを添えた十一枚のパンケーキだった。こうしたできごとをみんなは事務的なきまじめさで話し、いかにも楽しそうに、世の中にはいろいろなすばらしい才能の持ち主や奇妙な人間がいて、なかにはすごい変人もいるのだ、という認識を深めていた。こうした心地よさと真剣さは、行きつけの酒場でくだをまく小市民たちの古き敬愛すべき遺産であり、飲酒や政治談議、喫煙や結婚、死などと同様に、若い人々に模倣されているのだった。

三杯目のビールを飲みながら、ハンスが「ケーキはないの？」と尋ねた。彼らはウェイトレスを呼んだが、「いいえ、ケーキはありません」と言われ、それを聞いてひどく興奮した。アウグストが立ち上がり、「ケーキもないんだったら、もう一軒別のところに行こう」と言った。よその作業場の徒弟も品揃えの悪い店をののしったが、フランクフルトにいた男だけは残りたがった。彼はウェイトレスと少しばかり近づきになり、彼女をすでに何度か熱心に撫でたりしていたからだ。ハンスはこの様子を見ていたが、その眺めとビールとで奇妙に興奮していた。その店を出ると聞いて彼は嬉しかった。

勘定を払ってみんなで道路に出たところで、ハンスはビール三杯の酔いが少し回ってくるのを感じた。それは心地よい感情で、疲れが半分、何かやりたい気分が半分というところだった。なんだか薄いヴェールのようなものが目の前にかかっていて、それを通すとすべてが遠ざかったように、ほとんど現実ではなく、夢のなかのように見えるのだった。彼はしょっちゅう笑わずにはいられなかった。帽子をさらに大胆に斜めにし、自分がとびきり陽気な男になったような気がした。フランクフルトにいた徒弟はまた勇ましく口笛を吹き始め、ハンスはそれに歩調を合わせようと努力した。「角屋」はかなり静かだった。二、三人の農民がその年にできたばかりのワインを飲んでいた。樽ビールはなく、瓶入りだけだったが、すぐに一人一人の前に瓶が一本ずつ並んだ。よその作業場から来た徒弟はいいところを見せようとして、みんなのために大きなりんごケーキを注文した。ハンスは突然ものすごい空腹を感じて、続けざまに何切れかを食べた。古くて茶色い酒場のなかは薄暗く、壁際の幅広いしっかりしたベンチに座っているのは心地よかった。古風なサイドボードや巨大なストーブが薄闇のなかに隠れていた。木の棒を渡した大きな鳥かごのなかで二羽のシジュウカラが羽ばたいていたが、その鳥たちのために餌として、赤いナナカマドの実をたっぷりつけた枝が差し込まれていた。

店主がさっとテーブルに歩み寄り、客たちを歓迎した。その後、ちゃんとした会話が始まるまでにしばらく間があった。ハンスはアルコール分の強い瓶ビールを何口か飲み、一瓶全部飲み干すことができるかどうか、自分でも興味津々《しんしん》だった。

フランクフルトにいた男はまたひどいほらを吹き始め、ラインラントのワイン祭りのことや、遍歴や無宿者の暮らしのことなどを話し始めた。みんなは楽しそうに話に耳を傾け、ハンスももう笑いが止まらなかった。

突然、彼は自分がもうまともではないのに気がついた。目に映るものはすべて、部屋もテーブルも瓶もグラスも仲間たちも、柔らかい茶色の霞《かすみ》としてごっちゃになり、一生懸命目を凝らしたときだけ、形がわかるのだった。ときおり話し声や笑い声が特に大きくなったときだけ、彼は一緒になって笑い、何かを言ったが、自分の言ったことはたちまち忘れてしまった。乾杯のときには一緒にグラスを打ち合わせ、一時間後、自分の瓶が空っぽになっているのを見て驚いた。

「お前、いけるな」とアウグストが言った。「もう一本いくか？」ハンスは笑いながらうなずいた。こうやって酒を飲むことはもっとずっと危険なことだと想像していたのだけれど。いま、フランクフルトの男が歌を歌い始めてみんなが唱和すると、ハンスも喉を振り絞って一緒に歌った。その間に店も一杯になり、仕事中のウェイトレスを助けるために、店主の娘もやってきた。彼女は背が高く、よく発育した体つきで、健康で力強い顔と、穏やかな茶色の目をしていた。

彼女がハンスの前に新しい瓶を運んでくると、隣に座っていた徒弟がすぐさま最上級のお世辞を浴びせかけたが、彼女は聞く耳を持たなかった。ひょっとしたら自分の無関心を徒弟に示すためだったかもしれないし、ひょっとしたら上品な少年の頭の形が気に入ったからかもしれないが、彼女はハンスの方に向き直り、さっと彼の髪を撫でてからサイドボードの方に戻っていった。

もう三本目を飲んでいた徒弟は彼女の後を追い、会話を始めようとあらゆる努力を払ったが、うまくいかなかった。背の高い娘は彼をどうでもよさそうに眺め、返事もせず、すぐに背を向けてしまった。そこで彼はテーブルに戻り、瓶でテーブルをどんどん叩いていたが、突然熱狂して叫んだ。「陽気にやろうぜ、みんな、さあ乾杯だ!」

そして今度は、卑猥《ひわい》な話をした。

ハンスはもうぼんやりと混じり合った声を聞いているだけだった。二本目の瓶を空にするころには、しゃべったり笑ったりするのも困難になり始めた。彼はシジュウカラのかごに歩み寄って鳥たちを少しからかおうとした。しかし、二歩歩いただけでめまいがして、もう少しでひっくり返りそうだったので、慎重に席に戻った。

そのあたりから、彼の奇妙な陽気さも少しずつ影を潜めていった。自分が酔っているのがわかり、酒を飲むのももう愉快ではなくなった。そして遥か彼方に、あらゆる災いが待ち受けているのが見えた。帰り道、父親との間の悪い出会い、そして明日はまた作業場での仕事。次第に頭も痛くなってきた。

他の仲間たちも、もう存分に楽しんでしまった。頭がはっきりした瞬間にアウグストが勘定を払ったが、所持金のうち、手元にはわずかしか残らなかった。しゃべったり笑ったりしながら彼らは外に出て行き、明るい夕映えの光に目をくらまされた。ハンスはもうまっすぐ立っていることもできないほどで、よろけながらアウグストにもたれかかり、引っ張ってもらっていた。

よその作業場の徒弟は感傷的になっていた。彼は「明日は発たなきゃ」という歌を歌い、目に涙を浮かべていた。

ほんとうは家に帰るつもりだったが、「白鳥亭」のそばを通りかかると、徒弟が入ろうと言い張った。しかしハンスは戸口でみんなから離れた。

「帰らなきゃ」

「一人じゃ無理だよ」と徒弟が笑った。

「いや、いや。帰ら……なきゃ[18]」

「じゃあ、せめてシュナップスを一杯飲んでいけよ、おちびさん！　これを飲めば足がしゃんとして、腹も落ち着くぜ。ほら、飲めばわかるよ」

ハンスは手のなかに小さなグラスがあるのを感じた。たくさんこぼしながら、残りを飲み込み、アルコールが火のように食道を通っていくのを感じた。ひどい吐き気で体が震えた。彼はひとりでよろよろと店の前の階段を下り、どうやって歩いたかわからないままに村の道に出た。家や垣根や庭が、斜めにぐるぐる回りながら彼のそばを通り過ぎていった。

一本のりんごの木の下で、ハンスは湿った草の上に横たわった。たくさんの嫌な感情、自分を苦しめる恐れや乱れた考えなどに妨げられて、眠ることはできなかった。自分が汚れ、侮辱されたように感じた。どうやって家に帰ろう？　父に何と言おう？明日はどうなるんだろう？　長いあいだ休み、眠り、恥じ入らなくてはいけないほど、自分がぼろぼろで、惨めな状態にあるという気がした。頭と目が痛くて、起き上がったり先へ進んだりする気力さえないように感じた。

突然、遅れてきた一瞬の波のように、先ほどの陽気な気分が戻ってきた。彼はにやりと笑い、ぼんやりと歌を歌った。

18　アルコール度の高い蒸留酒。

おお、いとしのアウグスティン、
アウグスティン、アウグスティン、
おお、いとしのアウグスティン、
すべてはおしまいだ。

歌い終わるか終わらないうちに、心の奥で何かが痛み出し、不鮮明なイメージや思い出、恥や自己非難などの陰気な洪水が彼を襲ってきた。彼は大きなうめき声をあげ、泣きじゃくりながら草のなかに身を沈めた。

一時間後、辺りはもう暗くなっていた。ハンスは身を起こし、不確かな足取りで、苦労しながら山を下りていった。

息子が夕食に戻ってこなかったとき、ギーベンラート氏はたっぷりと文句を言った。九時になってもハンスが帰宅しなかったときには、もう長いこと使ったことがない丈夫な葦を取り出してきた。あいつ、自分はもう大人だから父親の鞭を食らうことなんてないと高をくくっているのか？　戻ったら目に物見せてやる！

父は十時に玄関の鍵をかけた。息子殿が夜遊びしようというんなら、どこに泊まることになるか見せてやろうじゃないか。

それでも父は眠らず、時間が経つにつれて大きくなる怒りとともに、誰かの手がドアノブを試し、おずおずと呼び鈴を鳴らすのを待っていた。父はその場面を思い浮かべた――遊び人をたっぷり懲《こ》らしめてやるぞ！　あのろくでなしはおそらく酔っ払っているんだろうな。だが目を覚まさせてやる。あの若造、あの卑怯者、あのできそこない！　骨がみんなバラバラになるくらい懲らしめてやるぞ。

このころ、これほど父の怒りの的になっていたハンスは、すでに冷たく静かになって、黒い川をゆっくりと谷の下流に向かって流れていた。吐き気や恥じらいや苦しみは彼から取り去られていた。黒い影のようにどんどん流されていく華奢な体を、冷たく青みがかった秋の夜空が見下ろしていた。黒い水は彼の両手や髪、血の気の引いた唇と戯れていた。夜が明ける前に漁に出かける人見知りのカワウソ以外に、彼を見たものはいなかった。カワウソはずる賢くハンスを吟味すると、音もなくそばを通り過ぎて泳いでいった。ハンスがどうして川に落ちたのか、知る者は誰もいなかった。ひょっとしたら足を踏み外し、傾斜が急な場所から滑り落ちたのかもしれない。あるいは水を飲もうとして、バランスを崩したのかもしれない。もしかしたら美しい水の眺めが彼を誘って、水の上に屈みこませたのかもしれない。そして夜空と青ざめた月が、平和と深い安らぎに満ちて彼のまなざしに応えたので、疲れと不安が静かに彼を強いて、死の影のなかに追いやったのかもしれない。

翌日、人々は彼を発見し、家に運んできた。驚愕した父親は、鞭を脇にのけ、たまっていた怒りを鎮めなくてはならなかった。泣きはしなかったし、変わった様子も見せなかったが、その夜はまた起きたままでいて、静かになってしまった子どもをときおりドアの隙間越しに眺めた。子どもはシーツを換えたベッドに横たえられていて、相変わらず品のいい額と色白の賢そうな顔をして、まるで何か特別な存在であるように、他の人とは違う運命をたどるべく生まれついたかのように見えるのだった。額と両手は少しこすれて青アザができていた。可愛らしい顔はまどろんでいた。目は白いまぶたで覆われていた。そして、完全に閉じてはいない口のせいで、満足そうに、ほとんど陽気に見えた。少年は花盛りのときに突然手折られて、喜ばしい人生の歩みから引き離されたように見えた。父親も疲労と孤独な悲しみのなかで、ほほえんでいるような遺体の外見に打ちひしがれていた。

埋葬には、大勢の参列者や野次馬がやってきた。ハンス・ギーベンラートはふたたび有名人になり、みんなの興味をひいた。またもや教師たちと校長と牧師がその運命に関与していた。彼らはみな恭しいフロックコートと厳かなシルクハットという出立ちで現れ、葬列に加わり、墓地ではしばし、互いにささやき合いながら立ち止まった。ラテン語の教師はとりわけ感傷的な様子だった。校長は小声で彼に向かって言った。「先生、彼は何者かになれる人物でしたな。最優秀の生徒がうまくいかないのを見るのは悲惨なことじゃありませんか?」

フライク親方は墓のそば、ハンスの父親と、絶え間なく泣き声をあげている老アンナのところで足を止めた。

「お辛いことですな、ギーベンラートさん」と彼は思いやりを示しながら言った。「わたしもハンスのことが好きでしたよ」

「理解できません」とギーベンラートはため息をついた。「あれほど才能があったのに、それにすべてうまくいっていたのに。学校も、試験も――それなのに、突然不幸が次々に襲ってきて!」

靴屋は教会の庭の門を通って帰っていくフロックコートの人々を指差した。

「あそこに行く紳士方も」と彼は小声で言った。「ハンスが破滅するのに手を貸したんですよ」

「何ですって？」と父親は飛び上がり、疑念と驚きをこめて靴屋を見つめた。「なんてこった、どうしてまた？」

「落ち着いてください、お隣さん。わたしが言ったのは学校の先生たちのことだけです」

「どうして？　いったいなぜ？」

「いや、これ以上はやめましょう。あなたとわたし、我々も、あの子にいろいろとしてやれたことを怠ったのではありませんかな？」

小さな町の上には楽しげな青空が広がっていた。谷では川がきらきら光っていた。モミの木の山は柔らかく、憧れるように遠く青く広がっていた。靴屋は品よく、悲しそうにほほえむと、男の腕を取った。ギーベンラート氏はこのひとときの静けさと、奇妙に胸の痛む思いのたけから離れて、ためらいつつ、困惑しつつ、慣れ親しんだ小市民の暮らしに向かって歩を進めていった。

解説

松永美穂

ヘッセはしばしば自伝的要素の濃い作品を書いたことで知られている。『車輪の下で』は、そのなかでももっとも多く彼の体験を反映した作品だといえるだろう。

ヘルマン・ヘッセは一八七七年、ドイツ南西部のカルプという小さな町で生まれた。スイス国境にも近い、シュヴァルツヴァルト地方である。シュヴァルツヴァルトは「黒い森」の意だが、その名のとおり広大な森林地帯であり、自然の豊かな、風景の美しい地方である。カルプにはナゴルト川という川が流れている。川べりからはモミの木が茂る山が一望でき、川にかかる橋のたもとには小さな礼拝堂がある。このあたりは作品中に描写された風景とも重なるところだ。川にまつわる記述は『車輪の下で』のなかにたびたび見られる。水浴や釣りを楽しみ、川べりや橋の上をぶらぶら散策した少年時代、川がヘッセにとって、大切な遊び場であったことがよくわかる。

ヘッセは父の仕事の都合で四歳から九歳までスイスのバーゼルで過ごした後、カルプに戻り、ラテン語学校に通い始める。その後、州試験の準備のために親元を離れてゲッピンゲンのラテン語学校に入学した（『車輪の下で』に、秀才タイプでハンスに引け目を感じさせるゲッピンゲンからの受験生のエピソードが出てくるのは興味深い）。この州試験について、『車輪の下で』には「シュヴァーベンという土地では、両親が金持ちでない限り、才能ある男の子にはたった一つの細い道しか用意されていなかった」と書かれている。給費生として神学校に入り、さらにテュービンゲン大学で学んでから牧師か教師になるという、ささやかで堅実なエリートコース。ヘッセの家では父も母もキリスト教の伝道に携わっており、祖父や叔父も同じ道を歩んでいた。少年ヘッセは十三歳のころから「詩人になりたい」という強い願望を持ち始めていたようだが、一方では伝道者の息子として家族の期待を背負っており、成績もよかったため、この「たった一つの細い道」に足を踏み入れていくことになる。

作中のハンス・ギーベンラートと同じく、ヘッセも見事に州試験に合格。十四歳でマウルブロンの神学生となった。入学の成績については、合格者三十六人中二十八番だったというのが通説だが（ヘッセの祖父が手紙にその順位を書いている）、ハンスと同じく二番で通ったという説もある。マウルブロン神学校の寮では「ヘラス」という部屋の住人になった。この点も、ハンス・ギーベンラートと同じである。しかも、『車輪の下で』に登場するルームメイトたちの名前は、ヘッセの実際のルームメイトたちとかなり似通っている。ヘッセのルームメイトたちの名前はオットー・ハルトマン、カール・ハーメレーレ、オットー・クナップ、ゴットヒルフ・ルッツ、アウグスト・ヒンデラーなど。作中の人物名と比べてみるとなかなかおもしろい。

もっとも、ヘッセの神学校時代の友人にヘルマン・ハイルナーに似た人物はいなかったらしい。よく言われることだがヘッセ自身の姿はハンス・ギーベンラートとヘルマン・ハイルナーの双方に投影されていて、周囲の期待に応えられずに神経を病んでいくハンスの姿がヘッセの自伝的要素に重なる一方、ヘルマン・ハイルナーの天才詩人ぶりや学校での反抗的な態度、さらに神学校を脱走して大騒ぎを巻き起こし、退学となるところも、ヘッセの神学校時代に重なっている。ヘッセは大胆で情熱的でありながら繊細で傷つきやすい面もあり、学校の規律に従って規格品のような優等生になることは到底できなかった。彼の多面性が、二人の登場人物に表れているといえるだろう。さらに、ハンス・ギーベンラートのおずおずとした夢見がちな性質は、ヘッセの弟のハンスに近いという指摘もある。ヘッセの弟は野心家ではなく、工場の事務職員として一生を送るが、五十歳を過ぎてから自殺してしまった。ヘッセは「ハンスの思い出」という一文のなかで、弟の人生の最後の数日、たまたま弟が住む街に滞在していて自殺の報を聞くことになる前後のことを、哀惜の情をこめて記している。

ハンス・ギーベンラートは、神経の細やかな少年として描かれている。プライドが高く、故郷の学校では一番であることに慣れ、他の生徒たちを見下している。周囲の期待を一身に負って神学校に入学するが、勉強よりもヘルマン・ハイルナーとの友情に喜びを見いだし、やがて授業についていけなくなり、ハイルナーの退学後は神経症の症状が強く出てしまう。療養のために故郷に戻ってからは自殺願望にとりつかれ、それがようやく落ち着いたころに今度は淡い初恋が破れて心に痛手を受ける。少年から青年になりかけの、思春期のまっただ中にあって、自分を持て余し、周囲を困惑させる、あの厄介な感じ。誰もが多かれ少なかれ身に覚えのある不安定な時期に、ハンス・ギーベンラートの場合はいくつもの不運が重なり、危機を乗り越えることができなかった。いや、それは単なる不運ではなくて、教師たちによって招かれた不幸だったのだ、と結末で靴屋の親方は主張している。そもそも『車輪の下で』には随所に教育制度や学校に対する強い批判が見られるが、それは、ハンスと違って危機を乗り越え、なんとか生き延びることのできたヘッセが、自らの苦しい体験に基づき、声を大にして叫んでいることなのだ。ヘッセは後年、自分の学校時代について、「自分が学んだのはラテン語と、嘘をつくことだけだった」と述べている。それほどまでに学校では自分の個性を殺すことを余儀なくされた、ということなのだろう。もっとも、『車輪の下で』の神学校の記述からは、学校生活の楽しみも垣間見えてくる。長い冬を過ごすたっぷりの寮の同室者たち。みんなで準備するクリスマスの催し。個性的な友人との交際、少年たちの若さとエネルギーを感じさせる数々のサークル活動。突発的に起こる喧嘩も、少年たちの若さとエネルギーを感じさせる。ヘッセは神学校時代に両親に宛てて書いた手紙でも、お小遣いの使い方についてユーモラスに記していたり、音楽性豊かな友人を紹介したりしていて、暗い日々ばかりを送っていたわけではないことが推察される。退学という屈辱を味わったにせよ、神学校が彼にとって特別な場所であったことは、後年『ナルチスとゴルトムント』などの作品でくりかえし神学校が舞台になっていることからもうかがえる。

年譜を見るかぎり、ヘッセの思春期はハンス・ギーベンラート以上に波瀾万丈だった。十四歳から十七歳あたりまで、さまざまな「武勇伝」が残っている。ゲッピンゲンのラテン語学校時代、夏休みに故郷の森で友人と枯れ草に火をつけ、森林火災を引き起こしそうになって罰金を科されたこと。神学校を退学直後、自分で花火を作って誤って爆発させ、顔に火傷を負ったこと。知り合いの牧師のところに預けられたものの、七歳年上の女性に恋をし、交際をやんわりと断られるとピストルを入手して自殺未遂事件を起こしたこと。ついにはノイローゼの治療のため、入院を余儀なくされる。退院後も、高校に入学して退学、書店に勤めて三日で退職、と中断や挫折をくりかえし、機械工の見習いも長続きしない。ヘッセにはこの期間が長いトンネルに思えたことだろう。しかし、この期間、ヘッセは大いに読書し、独学で勉強もしている。人一倍苦労もしたが、苦しみのなかで自分を律し、自分を伸ばす術を学んでいくのである。十八歳でテュービンゲンのヘッケンハウアー書店に就職し（この書店はいまでもテュービンゲンにある）、生活もようやく落ち着いた。二十二歳で最初の詩集を出し、二十七歳で出した小説『ペーター・カーメンツィント』で一躍有名となる。十三歳のころの夢が、こうして実現にいたった。ヘッセのこの歩みを見るとき、『車輪の下で』のなかで神学校退学後のハイルナーについて書かれた一文（「この情熱的な少年はやがて、たくさんの天才的いたずらや奇行をくりかえした後で、人生の苦しみによって厳しい試練のときを与えられ、英雄とはいわないまでも率直で立派な男になったのだった」）を思い出さずにはいられない。

『車輪の下で』はヘッセが二十五歳だった一九〇三年五月に書き始められ、その年の終わりには完成していたらしい。ヘッセは『ペーター・カーメンツィント』を出してくれたフィッシャー書店に原稿を送り、「シュヴァーベン地方の学校生徒の話です。この小説はあなたを失望させるのではないかという気がしています。堅実な仕事ではありますが、題材があまりにもローカルで扱いにくく、『カーメンツィント』に比べると物語全体にあまり活力がないのです」と書いている。ヘッセはさらに、「新チューリヒ新聞」にもこの小説を連載用に売り込んでいるが、そこでも「テーマは退屈だが時宜にかなっている。一人の生徒の苦しみと破滅」というコメントを自ら添えている。ヘッセはこの作品について、当初はあまり自信が持てなかったのだろうか。フィッシャー書店はベルリンにあり、数百キロ離れたシュヴァーベン地方の州試験や神学校の話など、読者に興味を持ってもらえないと思ったのかもしれない。『車輪の下で』にはこの地方の特質を記述した箇所も見られるが、近代以降はベルリンを中心としたプロイセン王国（現在のドイツの北東部にあたる）の伸張が著しかったとはいえ、シュヴァーベンもドイツ語圏において独自の歴史や文化を持つ地域である。マウルブロンの神学校をとってみても、ヘッセの先輩には天文学者のヨハネス・ケプラーや詩人のヘルダーリン、作家のメーリケ、哲学者のシェリングなどが名を連ねている。シュヴァーベン出身の作家には他に『ヴィルヘルム・テル』や『群盗』『ドン・カルロス』などを書いたフリードリヒ・シラーがいる。シュヴァーベン人には独特の反骨精神があり、勤勉で節約家が多いことで知られている。シュヴァーベン人の節約ぶりを揶揄するジョークは数多くあるし、のんびりした響きのシュヴァーベン方言（シュヴェービッシュ）も有名だ（もっとも『車輪の下で』は作中に出てくる民謡や会話の断片などを除いて標準ドイツ語で書かれている）。ヘッセは果汁絞りの光景など、郷土の風物詩を愛着をこめて描いているが、一方で人々の偏狭さなども記しており、彼自身が感じていた閉塞感が伝わってくるように思われる。

ともあれ、『車輪の下で』を出版したころのヘッセは作家として成功し、結婚して子どもにも恵まれて、順調な日々を送っていた。次々と作品を書き、新居を構え、友人と雑誌も発行する。しかしその後、家庭生活には次第に暗雲が立ちこめ、第一次世界大戦の勃発時にヘッセが平和を呼びかけたことで、ナショナリズムに沸き立つドイツのジャーナリズムからも攻撃されるようになる。ヘッセ自身もふたたびノイローゼの治療を必要とするようになり、苦しい日々が続いた。このように、ヘッセは思春期だけでなく、人生のなかで何度も深刻な危機を迎えている。しかしそのたびに自分を見つめ直し、危機を乗り越えて作品を発表し、一九四六年のノーベル文学賞をはじめとする数々の賞を受賞し、世界中で読み継がれる作品を残していくのである。

『車輪の下で』はそんなヘッセの代表作といえる作品であるが、「車輪」という言葉にはさまざまな意味が込められている。「車輪」と訳した単語 Rad は、有為転変を意味する言葉でもある。人間を押し潰そうとする、運命の車輪。ハンスが機械工見習いとなって最初にやすりをかけさせられる歯車も Rad だし、年末宝くじの抽籤の際にぐるぐると回すダーツの的も Rad である。Unter die Räder geraten（車輪の下敷きになる）という言い回しは、「落ちぶれる」という意味でもある。運命に翻弄され、エリート路線から脱落したハンスは、まさにこうした車輪の下で喘ぐことになる。

『車輪の下で』は、単に自伝的物語というだけでなく、誰にでも覚えのある思春期の孤独を描き、一人の少年の破滅を通して、子どもに対する大人の無理解を告発する書である。書かれてからもう百年以上になるが、国と時代を超えていまだにこの本が共感を呼んでいるのは、教育のあり方が普遍的に問われているからだろう。本書は日本では特に版を重ね、これまでに十数種の翻訳が出ているほか、ヘッセ全集も新潮社、三笠書房、臨川書店から出されている。ヘッセ研究で知られるフォルカー・ミヒェルスは、『車輪の下で』が日本でドイツの十倍もよく読まれている（一九七二年から八二年までの十年間の売り上げ数比較による）と述べ、その理由として、日本の学校における厳しい競争原理を挙げている（国土が狭いのに人口が多く、一人一人が強い自己主張をしなくては生きていけない、とも指摘しているが、この認識にはいささか誤解があるかもしれない）。いずれにせよ、引っ込み思案で夢見がちなハンスが、わたしたちの身近にもいそうな少年であることは確かである。

ヘッセ年譜

一八七七年
七月二日、ドイツ南西部のヴュルテンベルク州カルプで、エストニア生まれの父ヨハネスとインド生まれの母マリー（旧姓グンデルト）の第二子として生まれる。両親はともにキリスト教の伝道者であった。

一八八一年　四歳
一家はスイスのバーゼルに転居。

一八八六年　九歳
ふたたびカルプに戻る。

一八九〇年　一三歳
親元を離れてゲッピンゲンのラテン語学校に入学。

一八九一年　一四歳
七月に州試験に合格。九月、マウルブロンの神学校に入学する。

一八九二年　一五歳
三月に神学校を脱走。五月に退学し、ノイローゼの治療を受ける。自殺を試みるが未遂に終わる。一一月にカンシュタットの高校に入る。

一八九三年　一六歳
一〇月に高校退学。エスリンゲンの書

店に勤めるがすぐに辞める。

一八九四年　一七歳
カルプの時計工場に勤め、歯車を磨く仕事をする。

一八九五年　一八歳
テユービンゲンのヘッケンハウアー書店に勤め始める。

一八九九年　二二歳
最初の詩集および散文集を出版。バーゼルの書店に移る。

一九〇二年　二五歳
母が死去。

一九〇四年　二七歳
小説『ペーター・カーメンツィント』で成功を収め、有名な作家となる。マリア・ベルヌイと結婚。ボーデン湖畔にあるガイエンホーフェンで暮らし始める。

一九〇五年　二八歳
長男ブルーノ誕生。

一九〇六年　二九歳
『車輪の下で』を出版。

一九〇九年　三二歳
次男ハイナー誕生。

一九一一年　三四歳
三男マルティン誕生。

一九一二年　三五歳
スイスのベルン近郊に転居。

一九一四年　三七歳
第一次世界大戦が勃発。一一月に「新チューリヒ新聞」で戦争反対の論評を発表。ドイツのジャーナリズムから攻撃される。戦争中は捕虜慰問の活動に従事する。

一九一六年　三九歳
小説集『青春は美わし』を出版。父が死去。三男が重病になり、妻も精神の病を悪化させる。ヘッセ自身もノイローゼの危機。

一九一九年　四二歳
二年前に完成していた小説『デーミアン』をエミール・シンクレアというペンネームで発表。フォンターネ賞を授与されるが辞退する。ベルンからモンタニョーラ（スイスのテッシーン州）に移る。

一九二二年　四五歳
小説『シッダールタ』出版。

一九二三年　四六歳
スイス国籍を取得。マリアと正式に離婚。

一九二四年　四七歳
ルート・ヴェンガーと結婚。

一九二七年　五〇歳
ルートと離婚。
小説『荒野の狼』出版。

一九三〇年　五三歳
小説『ナルチスとゴルトムント』出版。

一九三一年　五四歳
ニノン・ドルビンと結婚。

一九三六年　五九歳
弟ハンスが自殺。

一九四三年　六六歳
小説『ガラス玉遊戯』出版。

一九四六年　六九歳
フランクフルト市ゲーテ賞とノーベル文学賞受賞。
一九五五年　七八歳
西ドイツ出版社協会の「平和賞」受賞。
一九六二年　八五歳
八月九日、脳内出血のためにモンタニョーラの自宅で睡眠中に死去。二日後に葬儀が行われ、聖アボンディオ教会の墓地に葬られた。

訳者あとがき

『車輪の下で』を初めて読んだのは、主人公ハンスとあまり年齢の違わない十代半ばのころだったと思う。高校受験を体験したばかりだったので、ハンスの境遇に親近感を覚えた。しかも高校に入った後、最初のテストでひどい点を取ってしまい、自分はこの学校では勉強についていけないのではないかと思いつめていたところだったので、ハンスの運命にますます同情せざるを得なかった。わたし自身はその後開き直って適当に学校生活を楽しむようになったのだが、初めてこの本を読んだときには、「可哀想なハンス」という印象が圧倒的だったのだ。

その後何十年かのあいだに何度か読み直す機会があり、数年前には朝日新聞社の「週刊朝日百科　世界の文学」シリーズでこの作品について書かせていただいた。でもまさか、自分がこの小説を新しく訳すことになるとは思ってもみなかった。すでに数々の優れた翻訳が出ている。新境地が開けるのかどうかは心許なかったけれど、ハンス・ギーベンラートの心情に思いを馳せつつ、ゆっくり訳してみることにした。

　時間が経つと、視点も変わる。高校生のころと違って、いつのまにか母親みたいな気持ちでハンスのことを考えるようになっていた。どうしてこんなに繊細で不器用なんだろう。自分から誰かに相談できなかったのかしら。歯がゆい気持ちでハンスの行動を見守った。学校教育に対して容赦ない批判を浴びせる作者の激しい言葉の調子にも、翻訳してみてあらためて驚かされた。執筆時のヘッセはまだ若く、学校での辛い体験を昨日のことのように思い出していたに違いない。高校生のころは勝手にヘッセ＝おじいさん、と思っていたけれど、『車輪の下で』を訳しながら感じたのはヘッセの若さと勢いだった。以前は読み飛ばしていた豊かな自然描写も、じっくり味わうことができた。たとえば釣りの場面など、準備の手順が丁寧に書かれていて、ヘッセはほんとに釣り好きなんだな、と納得させられた。現代のドイツ語圏の作家には、これほど細やかに自然の風景を描く人はほとんどいない気がする（トーマス・マンほど微細に人間の外見を描写してみせる作家が少なくなったように）。

　翻訳に際しては、ヘッセの語彙を活かしつつ、形容詞や修飾語の連なりをわかりやすく解きほぐすことに努めた。ストーリー自体は悲しいけれど、個々の場面にはユーモアも皮肉も込められている。テクストが持つ起伏やリズムをできるだけ日本語に写しとるように心がけた。翻訳という作業を通して、たくさんの新しい発見があった。たとえば、数字の使い方について。編集部からも何度もご指摘をいただいたが、神学校の受験者数や入学者数についてヘッセは作中でわりとおおざっぱな数字の使い方をしている。ヒンディンガーが死んだ後も生徒数が四十人となっているのはなぜか？など、疑問の残る点はあるかもしれないが、基本的にヘッセが書いた数字を尊重することにした。

新訳にあたって、タイトルを『車輪の下で』にしてみた。これまでにも『車輪の下に』というバージョンがあったけれど、既訳の大部分は『車輪の下』というタイトルである。「で」という助詞を加えることで、運命の車輪の下で悶え苦しむハンスの、その闘いぶりが現在進行形で伝わるのではないか、と思った。ささやかな試みである。

もう一つ新しい点は、この翻訳に際して、ズーアカンプ社から出ている初稿版を底本としたことである。これは『車輪の下で』の「新チューリヒ新聞」連載時の原稿が基になっており、一九七七年――ヘッセ生誕百年の年――に初めて本の形で出されたものである。そのため、これまで日本で出ている訳とはいくつか違っているところがある。たとえばハンスが神学校の「ヘラス」の部屋で同室となるオットー・カップの名前は、これまでの訳ではオットー・ヴェンガーとなっている。ヘッセの神学校での ルームメイトにオットー・クナップという少年がおり、オットー・カップとの名前の類似が著しいので、ヘッセがその後オットー・ヴェンガーに改めたのであろう。ハンスが「ファルケン」で知り合うフィンケンバイン兄弟の名前も初稿版ではショルシュとエミール（これまでの版ではドルフとエミール）になっている。そのほか、後年の版にはあるハイルナーの教科書についての記述が初稿バージョンにはない。このように、細かい点で従来の版とは多少の違いがあることをご了承いただきたい。

翻訳に際しては、企画の段階から訳稿のチェックに至るまで、今野哲男さんに大変お世話になった。また、光文社の駒井稔さん、中町俊伸さん、瀬尾健さんにはアドヴァイスや励ましをいただいたほか、綿密なチェックもしていただき、いろいろと助けていただいた。これらの方々、また直接お会いすることのなかった校閲の方々にも、心から感謝したい。また、これまでに本作を訳された方々のお仕事も参考にさせていただきました。ありがとうございました。

訳了はいつもちょっと寂しい。ずっと向き合ってきた主人公と、いよいよ別れなければいけない。この本が古典新訳シリーズで、たくさんの読者と出会ってくれることを祈りつつ。

二〇〇七年十月

松永美穂

kobunsha classics
光文社古典新訳文庫

車輪《しゃりん》の下《した》で

著者 ヘッセ
訳者 松永《まつなが》 美穂《みほ》

2007年12月20日 初版第1刷発行
2014年11月25日 第6刷発行

発行者 駒井 稔
印刷 萩原印刷
製本 榎本製本

発行所 株式会社光文社
〒112-8011東京都文京区音羽1-16-6
電話 03(5395)8162(編集部)
03(5395)8116(書籍販売部)
03(5395)8125(業務部)
www.kobunsha.com

ISBN978-4-334-75145-6 Printed in Japan

いま、息をしている言葉で、もういちど古典を

長い年月をかけて世界中で読み継がれてきたのが古典です。奥の深い味わいある作品ばかりがそろっており、この「古典の森」に分け入ることは人生のもっとも大きな喜びであることに異論のある人はいないはずです。しかしながら、こんなに豊饒で魅力に満ちた古典を、なぜわたしたちはこれほどまで疎んじてきたのでしょうか。

ひとつには古臭い教養主義からの逃走だったのかもしれません。真面目に文学や思想を論じることは、ある種の権威化であるという思いから、その呪縛から逃れるために、教養そのものを否定しすぎてしまったのではないでしょうか。

いま、時代は大きな転換期を迎えています。まれに見るスピードで歴史が動いていくのを多くの人々が実感していると思います。

こんな時わたしたちを支え、導いてくれるものが古典なのです。「いま、息をしている言葉で」——光文社の古典新訳文庫は、さまよえる現代人の心の奥底まで届くような言葉で、古典を現代に蘇らせることを意図して創刊されました。気取らず、自由に、心の赴くままに、気軽に手に取って楽しめる古典作品を、新訳という光のもとに読者に届けていくこと。それがこの文庫の使命だとわたしたちは考えています。

このシリーズについてのご意見、ご感想、ご要望をハガキ、手紙、メール等で翻訳編集部までお寄せください。今後の企画の参考にさせていただきます。
メール　info@kotensinyaku.jp

光文社古典新訳文庫　好評既刊

ワーニャ伯父さん／三人姉妹
チェーホフ
浦　雅春　訳

棒に振った人生への後悔の念にさいなまれる「ワーニャ伯父さん」。モスクワへの帰郷を夢見ながら、出口のない現実に追い込まれていく「三人姉妹」。人生の悲劇を描いた傑作戯曲。

初恋
トゥルゲーネフ
沼野恭子　訳

少年ウラジーミルは、隣に引っ越してきた公爵令嬢ジナイーダに恋をした。だがある日、彼女が誰かに恋していることを知る…。著者自身が「もっとも愛した」と語る作品。

カラマーゾフの兄弟　1〜4＋5エピローグ別巻
ドストエフスキー
亀山郁夫　訳

父親フョードル・カラマーゾフは、粗野で精力的で女好きの男。彼と三人の息子が、妖艶な美女をめぐって葛藤を繰り広げる中、事件は起こる―。世界文学の最高峰が新訳で甦る。

罪と罰（全3巻）
ドストエフスキー
亀山郁夫　訳

ひとつの命とひきかえに、何千もの命を救える。「理想的な」殺人をたくらむ青年に押し寄せる運命の波―。日本をはじめ、世界の文学に決定的な影響を与えた小説のなかの小説！

悪霊（全3巻＋別巻）
ドストエフスキー
亀山郁夫　訳

農奴解放令に揺れるロシアは、秘密結社を作って国家転覆を謀る青年たちを生みだす。無神論という悪霊に取り憑かれた人々の破滅と救いを描く、ドストエフスキー最大の問題作。

光文社古典新訳文庫　好評既刊

地下室の手記
ドストエフスキー　安岡　治子　訳
理性の支配する世界に反発する主人公は、「自意識」という地下室に閉じこもり、自分を軽蔑した世界をあざ笑う。それは孤独な魂の叫び声だった。後の長編へつながる重要作。

貧しき人々
ドストエフスキー　安岡　治子　訳
極貧生活に耐える中年の下級役人マカールと天涯孤独な少女ワルワーラ。二人の心の交流を描く感動の書簡体小説。21世紀の〝貧しき人々〟に贈る、著者24歳のデビュー作！

イワン・イリイチの死／クロイツェル・ソナタ
トルストイ　望月　哲男　訳
裁判官が死と向かい合う過程で味わう心理的葛藤を描く「イワン・イリイチの死」。地主貴族の主人公が嫉妬がもとで妻を殺す「クロイツェル・ソナタ」。著者後期の中編二作。

アンナ・カレーニナ（全4巻）
トルストイ　望月　哲男　訳
アンナは青年将校ヴロンスキーと恋に落ちたことを夫に打ち明けてしまう。一方、公爵令嬢キティはヴロンスキーの裏切りを知って―。十九世紀後半の貴族社会を舞台にした壮大な恋愛物語。

コサック　1852年のコーカサス物語
トルストイ　乗松　亨平　訳
コーカサスの大地で美貌のコサックの娘とモスクワの青年貴族の恋が展開する。大自然、恋愛、暴力……。トルストイ青春期の生き生きとした描写が、みずみずしい新訳で甦る！

光文社古典新訳文庫　好評既刊

カメラ・オブスクーラ
ナボコフ
貝澤　哉　訳
美少女マグダの虜となったクレッチマーは妻と別居し愛娘をも失い、奈落の底に落ちていく……。中年男の破滅を描いた、『ロリータ』の原型で初期の傑作をロシア語原典から。

神を見た犬
ブッツァーティ
関口　英子　訳
突然出現した謎の犬におびえる人々を描く表題作。老いた山賊の首領が手下に見放されて「護送大隊襲撃」。幻想と恐怖が横溢する、イタリアの奇想作家ブッツァーティの代表作二十二編。

天使の蝶
プリーモ・レーヴィ
関口　英子　訳
アウシュビッツ体験を核に問題作を書き続け、ついに自死に至った作家の「本当に描きたかったもうひとつの世界」。化学、マシン、人間の神秘を綴った幻想短編集。（解説・堤　康徳）

猫とともに去りぬ
ロダーリ
関口　英子　訳
猫の半分が元・人間だってこと、ご存知でしたか？　ピアノを武器にするカウボーイなど、人類愛、反差別、自由の概念を織り込んだ、知的ファンタジー十六編を収録。

羊飼いの指輪
ファンタジーの練習帳
ロダーリ
関口　英子　訳
それぞれの物語には結末が三つあります。あなたはどれを選ぶ？　表題作ほか「魔法の小太鼓」「哀れな幽霊たち」「星へ向かうタクシー」ほか読者参加型の愉快な短篇全二十！

光文社古典新訳文庫　好評既刊

リア王
シェイクスピア
安西　徹雄　訳

引退を宣言したリア王は、王位継承にふさわしい娘たちをテストする。結果はすべて、王の希望を打ち砕いたものだった。愛情と憎悪、忠誠と離反、気品と下品が渦巻く名作。

ジュリアス・シーザー
シェイクスピア
安西　徹雄　訳

ローマに凱旋したシーザーを、ローマ市民は歓呼の声で迎える。だが、彼の強大な力に不満をもつキャシアスは、暗殺計画を進め、担ぎ出されたのは、誉れ高きブルータス！

ヴェニスの商人
シェイクスピア
安西　徹雄　訳

恋に悩む友人のため、貿易商のアントニオはユダヤ人の高利貸しから借金をしてしまう。担保は自身の肉一ポンド。しかし商船が難波し全財産を失ってしまう!!

十二夜
シェイクスピア
安西　徹雄　訳

ある国の領主に魅せられたヴァイオラだが、領主は、伯爵家の令嬢のオリヴィアに恋焦がれている。そのオリヴィアが男装のヴァイオラにひと目惚れ、大混乱が。

マクベス
シェイクスピア
安西　徹雄　訳

三人の魔女にそそのかされ、予言どおり王の座を手中に収めたマクベスの勝利はゆるがぬはずだった。バーナムの森が動かないかぎりは…。(エッセイ・橋爪　功／解題・小林章夫)

光文社古典新訳文庫　好評既刊

ハムレットQ1
シェイクスピア
安西徹雄　訳

これが『ハムレット』の原形だ！　シェイクスピア当時の上演を反映した伝説のテキスト「Q1」。謎の多い濃密な復讐物語の全貌が、ついに明らかになった！（解題・小林章夫）

サロメ
ワイルド
平野啓一郎　訳

継父ヘロデ王の御前で艶やかに舞ってみせた王女サロメが褒美に求めたものは、囚われの預言者ヨカナーンの首だった。少女の無垢で残酷な激情と悲劇的結末を描いた傑作！（解説・田中裕介）

ドリアン・グレイの肖像
ワイルド
仁木めぐみ　訳

美貌の青年ドリアンに魅了される画家バジル。ドリアンを快楽に導くヘンリー卿。堕落するドリアンの肖像だけが醜く変貌し、なぜか本人は美しいままだった…。（解説・日高真帆）

若者はみな悲しい
フィッツジェラルド
小川高義　訳

アメリカが最も輝いていた一九二〇年代を代表する作家が、若者と、かつて若者だった大人たちのリアルな姿をクールに皮肉を交えて描きだす、珠玉の自選短編集。本邦初訳多数。

グレート・ギャッツビー
フィッツジェラルド
小川高義　訳

いまや大金持ちのギャッツビーが富を築き上げてきたのは、かつての恋人を取り戻すためだった。だがその一途な愛は、やがて悲劇を招く。リアルな人物造形を可能にした新訳。

光文社古典新訳文庫　好評既刊

うたかたの日々

ヴィアン
野崎　歓　訳

青年コランは美しいクロエと恋に落ち、結婚する。しかしクロエは肺の中に睡蓮が生長する奇妙な病気にかかってしまう……。二十世紀「伝説の作品」が鮮烈な新訳で甦る！

八十日間世界一周（上・下）

ヴェルヌ
高野　優　訳

謎の紳士フォッグ氏は、八十日間あれば世界を一周できるという賭けをした。十九世紀の地球を旅する大冒険、極上のタイムリミット・サスペンスが、スピード感あふれる新訳で甦る！

恐るべき子供たち

コクトー
中条省平
中条志穂　訳

十四歳のポールは、姉エリザベートと「ふたりだけの部屋」に住んでいる。ポールが憧れるダルジュロスとそっくりの少女アガートが登場し、子供たちの夢幻的な暮らしが始まる。

青い麦

コレット
河野万里子　訳

幼なじみのフィリップとヴァンカ。互いを意識しはじめた二人の関係はぎくしゃくしている。そこへ年上の美しい女性が現れ……。奔放な愛の作家が描く〈女性心理小説〉の傑作。

ちいさな王子

サン＝テグジュペリ
野崎　歓　訳

砂漠に不時着した飛行士のぼくの前に現われた不思議な少年。ヒツジの絵を描いてとせがまれる。小さな星からやってきた、その王子と交流がはじまる。やがて永遠の別れが…。

光文社古典新訳文庫　好評既刊

夜間飛行

サン＝テグジュペリ
二木麻里　訳

夜間郵便飛行の黎明期、航空郵便事業の確立をめざす不屈の社長と、悪天候と格闘するパイロット。命がけで使命を全うしようとする者の孤高の姿と美しい風景を詩情豊かに描く。

マルテの手記

リルケ
松永美穂　訳

大都会パリをさまようマルテ。風景や人々を観察するうち、思考は奇妙な出来事や歴史的人物の中へ……。短い断章を積み重ねて描き出される若き詩人の苦悩と再生の物語。（解説・斎藤環）

三文オペラ

ブレヒト
谷川道子　訳

貧民街のヒーロー、メッキースは街で偶然出会ったポリーを見初め、結婚式を挙げるが、彼女は、乞食の元締めの一人娘だった……。猥雑なエネルギーに満ちたブレヒトの代表作。

老人と海

ヘミングウェイ
小川高義　訳

独りで舟を出し、海に釣り糸を垂らす老サンチャゴ。巨大なカジキが食らいつき、壮絶な戦いが始まる……決意に満ちた男の力強い姿と哀愁を描くヘミングウェイの最高傑作。

チャタレー夫人の恋人

D・H・ロレンス
木村政則　訳

上流階級の夫人のコニーは戦争で下半身不随となった夫の世話をしながら、森番メラーズと逢瀬を重ねる……。地位や立場を超えた愛に希望を求める男女を描いた至高の恋愛小説。